创意写作魔方

奇妙的故事创作课堂

赵辉 区颖欣 著

知识产权出版社
全国百佳图书出版单位

图书在版编目（CIP）数据

创意写作魔方：奇妙的故事创作课堂 / 赵辉，区颖欣著. —北京：知识产权出版社，2018.7

ISBN 978-7-5130-5575-8

Ⅰ. ①创… Ⅱ. ①赵… ②区… Ⅲ. ①儿童小说—小说创作—研究 Ⅳ. ①I058

中国版本图书馆 CIP 数据核字 (2018) 第 101496 号

内容提要

让孩子们发挥想象力，把他们的奇思妙想写成故事，这是一件很有趣的事情。本书的作者曾带领自己班级的孩子创作了一系列妙趣横生的奇幻故事，这些故事展现了孩子们让人惊叹的创造力。本书是面向中小学生的创意写作指导书，全书分为入门篇、构思篇、创作篇、成果篇四个篇章，提供了从构思人物、设计情节、着手写作到制作手工书的全程指导，孩子们在本书的指引下，可以一步步完成自己人生的第一个创意写作作品，为自己的童年留下一段奇妙的想象经历。教师可以以本书为教材，开设童话体写作特色课程；家长可以在本书的支持下共同参与孩子的创作活动。

责任编辑：韩婷婷	**责任校对**：谷　洋
封面设计：吴砚萌	**责任印制**：刘译文

创意写作魔方
奇妙的故事创作课堂

赵辉　区颖欣　著

出版发行：知识产权出版社 有限责任公司	网　　址：http://www.ipph.cn
社　　址：北京市海淀区气象路 50 号院	邮　　编：100081
责编电话：010-82000860 转 8359	责编邮箱：hantingting@cnipr.com
发行电话：010-82000860 转 8101/8102	发行传真：010-82000893/82005070/82000270
印　　刷：三河市国英印务有限公司	经　　销：各大网上书店、新华书店及相关专业书店
开　　本：787mm×1092mm　1/16	印　　张：12
版　　次：2018 年 7 月第 1 版	印　　次：2018 年 7 月第 1 次印刷
字　　数：180 千字	定　　价：39.00 元

ISBN 978-7-5130-5575-8

出版权专有　侵权必究

如有印装质量问题，本社负责调换。

想象力比知识更重要，因为知识是有限的，而想象力概括世界上的一切。

——爱因斯坦

幻想乃是儿童心灵的主要本领和力量，乃是心灵的调节器，是儿童精神世界和存在于他们自身之外的现实世界之间的首要媒介。

——别林斯基

目录

序：想象的力量 / I
写在前面的话 / V

入门篇　梦工场探奇

主题一　童话体写作 /3

主题二　情节拆拆看 /5
　　我的爷爷是柳树 /6

主题三　人物风云榜 /14
　　营救仓鼠 /15

主题四　环境大冒险 /22
　　杨音轻柔杏花村 /23

构思篇　一人一故事

主题一　缤纷创意秀 /37
　　农场大逃亡 /40
　　梦老人 /49
　　桃树的约定 /56

主题二　想象"飞"起来 /63
　　菜园奇遇记 /67

主题三　奇妙素材库 /73

创作篇　技法万花筒

主题一　慧眼小星探：角色创建 /81

主题二　给对话施魔法：语言描写 /91

　　　　　蝴蝶和蜘蛛的好朋友之旅 /93

主题三　捕捉动感瞬间：动作描写 /108

　　　　　阁楼上的小人 /109

主题四　人物化妆镜：外貌描写 /122

　　　　　魔法小兔 /123

主题五　探看秘密花园：心理描写 /134

　　　　　草蚂蚱 /135

主题六　漫游奇幻王国：环境描写 /145

　　　　　糖果公主历险记 /146

 成果篇　梦工场出品

　魔力手工书 /163

　童话梦剧场 /170

后记：写给老师和家长的话 /175

序：想象的力量

在孩子的世界里，每一种事物都充满了奇幻的色彩，花瓶里住着梦老人，一首歌就能唤醒春天，云彩里藏着一座宏伟的城堡，壁画里的画眉突然开口说话了，自己突然变成一个小小的拇指人沿着树根来到牧羊人的神秘王国……

我们把引导孩子创作故事的经验写成了这本《创意写作魔方——奇妙的故事创作课堂》，希望孩子们可以按照书中的指引进行创作，将自己的想象变成精彩的作品。我们也希望教师和家长能够接纳这样一种写作方式，运用本书给予孩子恰当的写作技巧指导，帮助孩子克服创作过程中的困难，和孩子一起享受创作的喜悦。

● 童心看世界

在孩子的心目中，幻想的事物映射着他们潜在的意识，他们通过想象通往真实的生活世界，他们也许会构思出狡黠的养蛇人来表达对陌生世界的害怕，从中体会到善良与邪恶；也许会想象树洞中住着英明的千年神龟，以此表达对智慧的向往；也许会创作出救下草原族群的英勇兔子，以满足自己小小的英雄主义情结；也许会勾勒出一只心地善良的老虎，以此展现自己对友情的渴望……总而言之，幻想是孩子的本能，是孩子最让人惊艳的天赋，是孩子认知世界的独特方式。如果我们阻止孩子想象，我们也就在不知不觉中扼杀了他们珍贵的天赋。

● 穿越心灵隧道

儿童幻想小说极大地满足了孩子们自由想象、自主创作的需要，一切人类美好的品质，包括善良、勇敢、梦想、友爱、真诚都会通过故事中千奇百怪的"人物"表达出来，它既能满足孩子们对想象的本能需求，同时又发展孩子们的美好品质。孩子们对爱的渴求，对成人理解、支持自己的渴望，对友情的向往，对宽容的期盼，还有他们充沛的情感体验——快乐、悲伤、孤单、喜悦、委屈，等等，都能随着故事情节的展开而自然、真切地流露出来。孩子善于借助想象来展示心灵深处的情感，如果你能走进一个孩子想象的世界，你就走进了他最真实的内心。

● 想象的光芒

想象对孩子的重要性不止体现在故事的写作上，一切人类的创造性活动都离不开奇特的想象力，而想象力就埋藏在人类的童年经历中。在童年时期，拥有美好的想象体验并不断在成长中延续的人，将发展出一种突破现实束缚的思维，这种思维有助于人类冲破眼前的障碍，寻找到更多解决现实问题的可能性，这是人类创新的基石。我们希望通过《创意写作魔方——奇妙的故事创作课堂》来肯定自由想象对孩子成长的意义，让想象力和创造力成为孩子们终身发展的内在力量。

● 创作的无限可能

《创意写作魔方——奇妙的故事创作课堂》是这样一本书：指导孩子用手中的笔把心中想象的故事写出来，创作一篇儿童幻想小说。在这个属于孩子自己的故事中，孩子们可以大胆展开想象的翅膀，可以天马行空地发挥创意、构思精巧绝伦的故事情节，把一切有生命的物体变成人物主角，将生活中的喜怒哀乐投射到自己的作品中，写出自己对一切美好事物的向往。

你不相信孩子能够出色地完成创作吗？

你不妨问一问孩子：彩虹上面是什么？他的回答一定会出乎你的意料。我们在教学中发现，孩子们不仅拥有令人惊叹的想象力，他们还有能力把自己的想象变成一个有趣的故事。只要老师和家长对他们进行恰当的写作指导，他们就能创造奇迹。

● 让叙事成为一种内在力量

叙事能力已经成为一项重要的技能，心理学家的研究表明，孩子对叙事性信息的接纳度更高，也更愿意用叙事的方法表达自己的情感，"儿童会把事情编成故事，当他们尝试理解生活，会利用故事化的视角看待个人经历，以此作为进一步思考的基础"。（杰罗姆·布鲁诺（Jerome Bruner））尝试让孩子讲故事，将促进他们表达能力的发展。写故事并不是为了"好玩"，它是孩子叙事能力发展的重要载体，通过写故事，孩子可以掌握一种简洁的、打动人心的、轻松愉悦的价值观传递方式，这种方式将令孩子在今后的表达中更加游刃有余，使孩子受益终身。

● 把笔交给孩子

正如蒙梭利台所说："儿童是成人之父。"孩子身上拥有人类一切美好品质的开端，有的时候我们反而要向孩子学习。雷夫的"少年创作班"让五年级的孩子们沉浸在写作的喜悦中，于是就有了《第56号教室的奇迹》；林格伦问自己的女儿，"我们讲一个什么故事呢？"女儿回答她，"讲一个长袜子皮皮的故事吧！"于是诞生了《长袜子皮皮》；托尔金在炉边陪着孩子，他们说"地洞里住着一群霍比特人。"于是《霍比特人》得以问世……我们要相信孩子，有时也要真诚地向孩子学习。

把笔交给孩子吧！他一定会给我们带来意想不到的惊喜！

III

写在前面的话

一、童话小说写作课程

让孩子用一个学期的时间写一部儿童小说，这个课程的灵感来源于我们在一所山村小学所做的课程实验。2013年，我们开始了这个课程的尝试。笔者在带领学生阅读儿童文学作品的过程中获得一些令人惊讶的发现：小学生讲故事的能力远远超出我们的想象。最初，一个五年级的学生向我讲述了她的梦境，她用自己的语言生动地描述了已经去世的爷爷和她之间的故事，故事情节完整，细节特别清晰。

后来，越来越多的学生在儿童文学作品的启发下不断产生灵感，他们对我讲述自己的故事。这时，一个大胆的计划在我们的酝酿下诞生了——为什么不让他们把这些故事写下来呢？于是就有了我们的"梦工场"课堂，每一位同学都是梦工场的小作家。

我们研究了大量的课程开发文献，发现"让孩子用一个学期的时间写一部儿童小说"的教学方法早已有不少实践。早期，一些身处儿童教育第一线的作家亲自为自己的学生写儿童文学作品，将作品和教学结合起来，如托尔斯泰、蒙哥马利（《绿山墙的安妮》）、罗拉·槐尔德（《草原上的小木屋》）、皮埃尔·加马拉（《羽蛇的秘密》）等。他们既是小学教师，也是儿童文学作家。后来，一些优秀的教师从教育技术的角度研究了将儿童文学运用于日常教学的模式，如雷夫·艾斯奎斯（《第五十六号教室的奇迹》）等，他们在教学中推行"少年创作班"计划，鼓励自己的学生创作作品，这一模式在教学上取得了显著的成效。文献的研究给了我们巨大的信心，我们相信这个课程取得成功并非不可能。

随后，我们在教学条件极其落后的山村学校开始了这个课程尝试。最初的形式是：我创作了一部长篇儿童幻想小说的框架——《糖果公主历险记》，这个框架只有情节梗概和主要人物，我们在写作课上公布了这本小说的梗概，班级上的学生每个人都可以为这本小说的写作出谋划策。很快，我就收到了大量反馈，学生对参与这项计划表现出了极大的热情，他们为小说塑造人物，幻想场景，编写情节。学生天马行空的想象力给了这本小说写作无尽的动力。

　　反过来，参与这本小说的构思，也极大地调动了学生的写作热情。不断有学生提出自己的创意故事，我要求他们将自己的创意故事记录下来。每一周的写作课我们都会分享各自的故事创作心得，我利用这个宝贵的机会教给了他们一些写作的技巧。在这样的帮助和互动下，很多学生完成了自己的作品，虽然这些作品并不完整。

　　从文学理论的角度看，这些学生作品是不完整的，因为学生的人生经历、语言能力、写作驾驭能力不可能达到作家的水准。但是，从课程与教学的角度看，这些作品无疑是成功的，它们是实际教学的产物，是学生投入了参与热情的作品。最重要的是学生在参与这项计划的过程中写作能力得到了快速发展。

　　在此基础上，我们逐渐形成了儿童小说写作课程的课程理论体系，在进一步的教学实验中我们不断修正该体系的内容，这本书即是这一课程体系的主要成果。

二、我们不是在培养作家

　　在构建"儿童小说写作课程"理论的过程中，我们发现，一个核心的课程目标是不可或缺的——我们不是在培养作家。

　　作为一个独立的个体，儿童有着自己独特的情感、价值观和世界观，儿童的成长就是他们情感、价值观和世界观构建、表达和交流的过程。幻想与想象是儿童表达自身情感的重要形式。想象一段梦幻的旅程，和动物、植物甚至是石头、桌椅进行一次奇妙的对话，这是儿童独特的生命体验，也是许多儿童文学作家最主要的灵感来源。因此，可以说，每个孩子都有通过幻想表达自己情感的愿望。

　　我们构建的儿童小说写作课程，其主要目的是给予孩子在教学中充分表达自身情感的机会，同时，在表达中丰富并发展自己的写作能力。我们的目的不是利用这门课培养写作精英，而是要让每个孩子都参与到儿童幻想小说的写作活动中来，在活动中发展自己。

　　确定了这个主要的课程目标后，我们进一步发现，"儿童小说写作课程"具有普及推广的重大意义：

1. 它是适合所有孩子参与的教学活动；

2. 课程不受学生阅读和写作基础的影响，可以普遍适用（无论是在基础极其薄弱的山村学校还是在广州的教学实践都证明了这一点）；

3. 课程对学生的写作能力提高有实质性的作用；

4. 为语文的写作教学课程改革提供了新的思考。

三、改造我们的写作观

基于"儿童小说写作课程"，我们提出一个不等式：写作≠作文。

受制于传统语文的"写作观"，语文的作文改革始终无法形成创造性的突破。这主要表现在：

1. 教师受"作文观"的影响，将作文理解为字数限定在800字以内的短文；

2. 受"作文观"的影响，认为写作应写真人真事，使儿童幻想文学在写作训练中没有产生作用，学生只能在课外书里满足幻想需要；

3. 受"作文观"影响，作文被定义为45分钟内完成的作业，或一星期一篇的独立短文，没有养成长周期（一学期）连续创作文本的写作习惯；

4. 受"作文观"影响，中小学写作主要训练短篇文章的叙事能力，文学性的描写能力（如人物细节的刻画、语言神态的描写等）没有得到发展。

"作文"的这些特征不能满足儿童的情感表达欲求，尤其是儿童天马行空的幻想欲求。也正因为如此，儿童文学才作为重要的课外读物进入儿童的生活世界。也就是说，现行的"作文"教学不能满足全部的写作能力发展要求，也不能满足学生的写作表达欲求。因为，写作是用语言表达作者自身思想、情感和价值的活动，对于儿童来说，表达幻想与想象就是一种重要的写作诉求。

因此，"写作≠作文"，"儿童小说写作课程"是对现行语文和写作教学的重要补充。它将每周一次的写作课和每周一篇（每单元一篇）的写作练习整合成一个连续的作品创作过程，学生从开学到期末都可以将他们在写作上的精力投入到一件事上——完成他们的故事作品。

实践表明，这种教学形式更有利于教师系统地向学生讲授写作技巧。创作一部儿童小说是一个系统工程，学生需要在人物、景物、叙事修辞等所有事情上掌握最基本的写作技巧才能完成这项工程，教师只需要跟随着学生创作的进度随时指点，写作技巧的传授就能悄无声息地完成。

四、儿童文学——成人与儿童的对话

我们通过本书展示了一种针对中小学生的新型阅读与创作的课程，我们试图用一些范例来告诉大家，在教师和家长的带领下，小学生也可以拥有创作文学作品的能力，且通过创作活动，学生将获得一种别具一格的成长体验。我们鼓励中小学生亲手创作自己喜爱的文学作品。

本书是写作教学课程改革的尝试，更是为创作与阅读搭建对话桥梁的一次尝试。我们构建"创作—教学—阅读"的儿童文学教学共同体，至少能对三个群体产生显著的效用：一是学生，有机会通过趣味性的写作表达自己，在创作活动中发展自己的写作能力，有效地参与到儿童文学的阅读与写作活动中；二是教师，教师在与儿童日常的文学性对话中可以获得大量的灵感资源，指导儿童创作的过程中可以发展自己的儿童文学创作能力，从而拓宽了教师的职业发展道路，优秀的教师可以在儿童文学领域开拓新的空间；三是儿童文学作家，在这种写作教学方式中，作家能获得大量来自儿童的一手生活经验，为儿童文学的创作和繁荣奠定了读者基础。

儿童小说写作训练有如下特征：

1. 不限制题材和内容，学生完全掌握写作的自主权，有别于考试作文的"出题"方式；

2. 不限制字数，学生可以根据自己的能力和意愿随意增减内容；

3. 用时较长，一般以一个学期为一个创作周期，学生用一个学期的时间来完成作品，课后有大量时间反思、修改、参考；

4. 作品属于文学（儿童文学），而非单篇作文；

5. 教师在学生的创作过程中传授写作技巧，帮助学生解决写作中的困难；

6. 学生在练习中发展写作和表达的能力；

7. 鼓励学生创作小说不是为了生产优秀的作品，而是给学生趣味地锻炼写作能力的机会。

文学创作活动是人人都能参与的，它不是专业作家特有的工作内容。每个人都有自己的思想、情感、故事和想要叙事的经历，儿童也不例外。保护儿童对世界的诗意认知，并发展他们表达自己、构建自己、诠释自己的能力是启发式教育的特征之一。这门课程的目的是借助文学的载体让学生理解生活、完善自我，它的目的不是让文字能力有限的学生创作出经典的文学读物。哪个孩子没有自己的故事和幻想呢？当我们能够以一种合理的方式引导他们写出自己的故事和幻想时，他们不仅在情感上得到了满足，也将在写作和阅读能力上得到质的飞跃。

五、不完整的体系

"童话式写作"（儿童小说创作教学、儿童幻想小说写作）是一个系统工程，它涉及非常广的知识、技术和理论内容，需要儿童文学写作和课程教学理论共同参与，这是一个跨学科研究的项目。建成一套成熟的童话式写作教学理论绝非一朝一夕之事，也不是一两个教师就能完成的工作。本书所展现的教学方法、教学技术和教学理论都处于尝试阶段，还有许多重大问题尚未解决：

1. 如何根据学生的身心发展规律划分写作技巧的难易等级？

2. 从哪个年龄段开始这门课程的启蒙教学更合适？

3. 低年龄段的学生通过什么样的方式学习？

4. 能否构建从一年级至九年级甚至到高中的一整套教学系统？这显然是一个非常庞大的工程。

5. 哪些写作技巧是基础的，应普遍实施教学？哪些写作技巧是个性化的？这有待进一步的研究。

6. 如何提高教师的指导效率，使课堂更有效？在教学过程中，我们发现本课程的课堂控制还存在较多问题。

除此之外，大量问题都亟待进一步研究。本书所展现的是一种新的教学方式，这种教学方式无论是在课程理论还是教学理论、教学技术上都尚未完备，需要更多教师和研究者共同参与才能逐步建立起本课程的理论大厦。

本书将已有的教学成果和初步的尝试以教材的形式展现出来，目的是起到抛砖引玉的作用，希望以此引起教师和研究人员对这种教学方式的关注，进而让更多人参与到这项计划的研究之中。

六、本书阅读和使用说明

本书写给4~9年级的孩子，融合了作者的教学和写作指导经验，用于指导孩子们的叙事性写作。本书可以采取如下方式阅读和使用：

（一）由孩子独立阅读

本书列举了部分孩子构思故事的过程，并提供了简要的故事写作技巧，孩子在独立阅读本书的过程中可以学会这些技巧，积累创作故事的经验、素材和灵感，也可以在阅读本书故事的过程中获得对儿童小说的必要感知。

（二）作为写作校本教材使用

本书按照教材的"篇章—课文"结构编写，每一个标题可视为两个课时的教学内容。循序渐进地讲解了一篇小说从构思到成书各环节的细节，中间穿插着大量的写作技巧指导，教师可将本书作为写作教材用于教学。

教学设计建议：让学生用至少一个学期的时间完成作品。

1. 开学4周内，通过阅读使学生了解第一篇（童话体写作）的内容，对"人物""情节""环境"有初步认识。

2. 第5~8周，引导学生阅读第二篇（一人一故事）的内容，了解他们同龄人构思故事的经验。

3. 第9~10周，引导学生构思自己的故事，写出故事提纲（提纲写法见第二篇）。教师最好自己也确定一个"公共故事"，在写作课上，引导学生围绕这个"公共故事"讨论人物、情节、环境等问题，将故事层层推进，在班级中营造大家一起写小说的氛围。

4. 第11周之后，在写作课堂上讲解第三篇（技法万花筒）里的写作技巧。课后，让学生开始自由创作，直到创作完成。

5. 学生在写作自己的故事过程中，会遇到许多困难。比如，故事情节不流畅，不知道如何使用词句，写作手法不成功，等等，教师应协助学生解决这些困难，在指导过程中发展学生的写作能力。

入门篇　梦工场探奇

　　在这本书中，我们将带领你踏上一段奇妙的写作之旅。

　　也许你已经写过很多"作文"，但你有没有试过用一个学期的时间来写一个长长的故事呢？

　　写"作文"的时候，你被要求要写真人真事，有没有想过写一个会说话的稻草人，一只会飞的兔子，或者住在地下的拇指人呢？

- 主题一　童话体写作
- 主题二　情节拆拆看
  - 我的爷爷是柳树
- 主题三　人物风云榜
  - 营救仓鼠
- 主题四　环境大冒险
  - 杨音轻柔杏花村

主题一　童话体写作

亲爱的同学，你一定听过很多故事吧？你也一定读过很多书吧？哪本书是你最喜欢的呢？

有一些故事很长，写成书有两百页那么多，人们把这种书叫**小说**，你读过吗？

比如：《木偶奇遇记》《长袜子皮皮》《巨人的花园》等，这些是专门写给小朋友读的书，大人们把这些书称为**童话小说**。

如果这些你都没有看过，那你一定看过这些电影：《爱丽丝梦游仙境》《穿靴子的猫》等。小说也可以改编成动画片。

在这本书里，**小说**也就是一个长长的故事。

你有没有想过，写一个长长的故事说给大家听呢？

说起写故事，很多同学都会这样说：

"我只会读唉！"

"好像有点难。"

"我的作文都写不好。"

"哇，字太多了，我不想写。"

先别害怕，听我来说一说梦工场创作班的故事，听完你一定会喜欢上讲故事、写故事的。

梦工场创作班有一个女同学，她的名字叫阿琴。阿琴的爷爷已经去世了，但阿琴一直记得爷爷生前对自己非常好，她很想念爷爷。

在开学的作文课上，老师让大家每人准备一个故事。一开始，全班同学都不知道该写什么故事。于是，老师提了一个建议：可以从做过的梦里找一个故事出来。

第二天，阿琴说要给老师讲一个她梦里的故事。这个故事是这样的：在梦里，经常有鬼怪从窗户、屋顶、床底爬进阿琴的房间里。最让阿琴害怕的，是邻居那个已经去世的老奶奶，在梦里她是一个恶婆婆。这一天，恶婆婆从大门外走进来，正在写作业的阿琴感到非常害怕，她从楼梯跑了出去，恶婆婆一直追着她，最后是爷爷拿着柳条赶走了恶婆婆。

阿琴娓娓道来，每个细节都讲得非常清楚，足足讲了半小时。老师让阿琴把故事分享给同学们，同学们听了之后很喜欢。

在阿琴的带领下，同学们争先恐后地分享自己的故事，大家写的故事千奇百怪的，有唱歌就使冬天变春天的放羊姑娘，有捡到魔法棒的小女孩，有从恶龙手里救出妹妹的哥哥……

到后来，其他班的同学也来参加了我们的小说课，越来越多的人加入到梦工场的创作队伍之中，像三年级的小露、小盼、小尹，四年级的小愉、可可，等等。有人写《桃树的约定》，有人养了仓鼠就说了仓鼠的故事，有人喜欢鸭子，就构思了一个关于鸭子和公鸡的故事。

大家认为写故事很有趣，很好玩，没有人再说"我写不了"了。

梦工场的同学其实也没有神奇的魔力，他们只不过是把平常想到的故事写出来了而已，相信你也能讲出一个精彩的故事。

主题二　情节拆拆看

怎么讲好一个故事？

这本书会告诉你。

但是，在开始写故事（小说）之前，你要知道精彩的故事（小说）是怎么写出来的，这样你才能写出好听的故事。

在你平时读到的故事中，你有没有发现所有的故事都有一些共同特点？故事一定是一些人做了一些事，这些事有开头，有结尾。把这些事连起来，我们就好像在看动画片一样。故事里的这些"事情"就是我们要学习的**情节**。

什么是情节呢？

先读一读下面这个**故事**，读完后我会告诉大家什么是**故事情节**。

这是根据阿琴讲的故事写出来的。

我的爷爷是柳树

　　班上的孩子都有爷爷，只有阿琴的爷爷很早就已经去世了。阿琴很想念自己的爷爷，她很羡慕那些由爷爷背着书包送到学校的同学。阿琴常常想，爷爷是不是会从树上长出来，又或者是从梦里拉开窗帘飞回家里来？

　　没有爷爷，对阿琴来说意味着什么呢？比如说，她在上学路上就不敢独自走过那段黑暗的树林，传说树林里曾经住着一个怪婆婆，怪婆婆会把小孩的头发拔下来编织成小帽子。树林的树洞里还住着追赶小孩的鬼怪。

　　这天，阿琴来找林林。

　　阿琴说："林林，今天你一定要和我一起走啊，我一个人不敢穿过树林。"

　　林林说："不行啊，阿琴，我爷爷今天要带我去看鞋子。"

　　"那你们能早一点回来吗？我还是和你们一起走吧！"阿琴带着期望问，她想得到肯定的回答。

　　"也许不行哦，看完鞋子我们还要去吃冰淇淋。你和花花一起回吧！"林林摇了摇头说。

　　阿琴感到有一些失望，如果爷爷还在的话，爷爷不仅会笑呵呵地看着她穿上新裙子，还会牵着她的手小心翼翼地穿过树林。经过那个可怕的树洞的时候，她可以躲到爷爷的衣角里。

　　阿琴又找到花花。

　　"花花，今天我可以和你一起回去吗？"阿琴小心翼翼地问花花。

　　"今天我爷爷开他新的电动车来接我呢。"想起爷爷的新电动车，花花就露出了笑容。

　　"我能和你们一起吗？"阿琴的声音变得很小。

　　"对不起哦，阿琴，爷爷的电动车很小。很多同学都走路回去

的啊，你可以和他们一起吗？"花花关心地问。

"他们走得太快了。"阿琴说。

"你是不是害怕怪婆婆和那个树洞啊？"花花问道。

"我……才不害——怕——呢！"阿琴吞吞吐吐地说。

"看你这样子，肯定是害怕了。我告诉你一个办法，爷爷教我的，他说鬼怪害怕柳树，你拿柳枝做一顶帽子，他们就不敢靠近你了，"花花得意地说，"我一个人的时候都是这样走的。"

"真的？不许骗我。"阿琴带着一丝惊喜说。

"真的啊，每次我从那儿过，都没遇到怪婆婆。"花花说。

放学的时候，同学们都飞一样地跑了，路上到处是圆珠笔撞击文具盒发出的砰砰声。只有阿琴一个人慢吞吞地走在后面，她不想让大家知道她的胆子非常小，更加不想让人看到她戴着柳条帽子的样子。

阿琴悄悄来到一棵柳树边上，她向四周望了望，确定没有人看着自己，她才放下书包，伸手去拽垂下来的柳条。阿琴一共拽下来六根柳条，她开始坐在地上，背靠着柳树，编起帽子来。可是阿琴没有学过编柳条帽子，无论她怎么编，都编不出来，柳条被她折断成好几节，散落在地上。阿琴又站起来重新拽下几根，可编出来的帽子依然是不伦不类的，一套到头上就散了架。

看着夕阳已经快要落到山头，阿琴不禁小声哽咽了起来，眼泪像玻璃窗上的雨珠一样一颗一颗从脸颊上滚了下来。

"爷爷，你在哪里？"阿琴带着哭声轻声说。

"阿琴，你就靠在我身上啊。"一个声音从阿琴身后传来。

阿琴听出来了，这个声音就是爷爷的声音，所以她一点也没有感到害怕。阿琴转过头来，身后除了柳树，一个人的影子也没有。

"爷爷,你在哪里？"阿琴小心地问，她害怕声音太大吓着爷爷。

"我就在这里啊。"爷爷的声音再次传来。

7

阿琴顺着声音抬头看，此时的柳树好像动了起来，阿琴再仔细看的时候，发现爷爷的笑脸就在柳树上，不，应该说爷爷和柳树已经合为一体了，爷爷就是柳树，柳树就是爷爷。

"爷爷，真的是你！"阿琴高兴地跳起来，她扑过去抱了抱柳树。

"爷爷，爷爷，带我回家嘛，我不敢穿过树林。"阿琴看着爷爷的眼睛说。

"阿琴啊，爷爷老了，就想站在这里。你以后要大胆一点，要自己回家。"爷爷微笑着说。

"可是爷爷，树林里有怪婆婆，还有鬼怪。"阿琴嘟着嘴说。

"带上柳条，鬼怪怕柳条。"爷爷的手跟随着风吹动的柳条抚摸了一下阿琴的额头。

"我不会编柳条帽子啊！爷爷你教我吧。"阿琴说。

"孩子，不用编成帽子的，只要是柳条，鬼怪就会害怕。"爷爷轻声说。

"真的吗？"阿琴疑惑地问。

"爷爷什么时候骗过你呢？"爷爷说话的时候露出了笑眯眯的表情，"天快黑了，先回去吧，明天再来和我说话，好吗？"

"好，那爷爷你要保重。"阿琴说完捡起两根柳条，插在书包的两端，看上去就像孙悟空的两条羽翎一样。

"再见，阿琴，你是个大孩子了。"爷爷笑了笑。

阿琴就这样一个人回去了，穿过树林的时候，她的心本来是怦怦直跳的，阿琴竖起了耳朵，眼睛像猫头鹰一样敏锐地观察着周围的一切，一旦有什么风吹草动，她打算撒腿就跑。

可直到阿琴穿过了树林，也没有发现怪婆婆和鬼怪的影子。两根柳条虽然不能完全保护住阿琴，但阿琴总觉得它们就是爷爷留给自己的衣角。

后来，阿琴每天都会到那棵柳树下面，爷爷总会在她到来的时候准时出现。阿琴每天都会把学校里发生的有趣故事说给爷爷听,爷爷虽然永远是只是站在那里,但是他却非常开心地看着阿琴一天天长大。

情节拆拆看

亲爱的同学，你会发现，每个故事从开头到结尾，就像主人公走过一段路，他在路上遇到许多人，发生了许多事，把他在这段路上遇到的精彩事情标出来，就是这个故事的**故事情节**，简称**情节**。比如《我的爷爷是柳树》，这个简单的故事就可以用这种办法概括出来。这种有开头、结尾和情节的故事，我们也叫它**小说**。在这个**短篇小说**里，阿琴用爷爷变成柳树的故事讲述了她对爷爷的思念。你可以用这种方法拆分任何一个你读过的故事，下面这条线，我们就叫它**情节路线**吧。你会发现，如果我们跟着主角走，往往在"转弯"的时候，故事情节最吸引人，请注意**情节路线**"转弯"的地方。

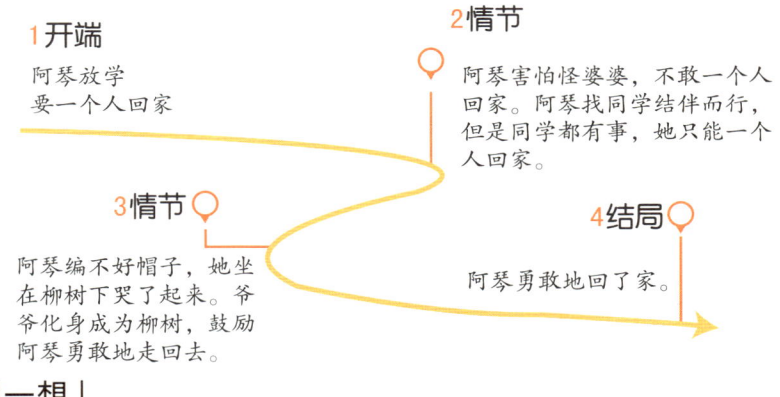

| 想一想 |

回忆一下你读过的**小说**，听过的故事，是不是都有故事情节呢？比如，《木偶奇遇记》：

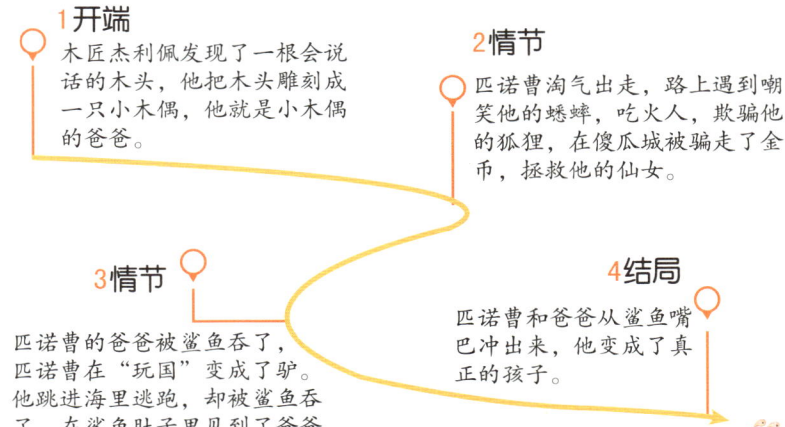

这就是情节路线的用法，你可以用它拆解其他故事（注意"转弯"处）。试一试，你会发现再长的故事都会变得很简单。当你觉得读一本书有点困难的时候，你还可以试一试另一个方法。

买一本便利贴，按顺序把便利贴贴在墙上：

读到精彩部分的时候，就把内容概括出来，写到便利贴上。这样，这本书讲了什么内容，看了你的便利贴就能一目了然。

你还读过别的小说吗？你能把它的情节概括出来吗？比如下面这些，你读过吗？如果没读过，可以找一本读过的来拆拆看？然后和大家分享你拆情节的结果。

| 阅读推荐 |

《巨人的花园》（王尔德）

《灰姑娘》（格林兄弟）

《好心眼巨人》（罗尔德·达尔）

《女巫》（罗尔德·达尔）

《兔子坡》（罗伯特·罗素）

《爱的手势》（克莱尔）

《松饼屋的异想世界》（霍维斯）

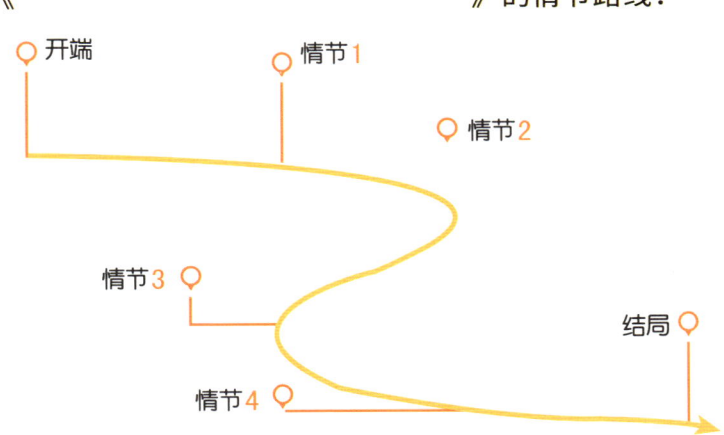

《　　　　　　　　》的情节路线：

| 小结 |

　　情节就是故事里发生的事，故事一定是有情节的，没有情节就不是故事，也不是小说。仔细回忆一下你读过的小说，它们的**情节**都有哪些内容？

　　小说（故事）和作文不同，**小说**有**情节**，读小说的时候，你会发现像在看动画片，而不是在读作文。

在学习写故事之前，请你记住这个词——情节。《创意写作魔方》这本书要告诉你怎么写精彩的情节。

主题三　人物风云榜

"作文写谁？"

这是很多同学写作的时候常常会遇到的难题。有的同学绞尽脑汁也不知道该写谁才精彩。其实，有一个很简单的办法能帮助大家解决这个困难。在这一章里，我将告诉大家这个小秘诀。

一个好听的故事，除了情节，还有两样必不可少的东西：**人物**和**环境**。

人物是什么呢？有的同学会回答："人物就是故事里的人。"

这个回答没错，但是并不完整。比如，下面这个故事的**人物**就不是人，而是一只仓鼠。在我们读到的很多故事中，人物不一定都是人，有可能是影子，有可能是老虎，也有可能是稻草人。

试着读一读下面这个故事，读完你会发现，原来"作文写谁"的问题还可以这样解决。

营救仓鼠

　　我现在才3岁，但在仓鼠家族中，我的个头已经长得足够大了。窗外的墙缝里住的那两只老鼠，毛又灰皮又厚，比起我雪白的毛来，真是丑死了。我知道很多人很讨厌老鼠，但那些最讨厌老鼠的人也不得不羡慕我们仓鼠有一身好毛。

　　我只记得，前年那个炎热的下午，宠物店的老板把我们兄弟姐妹7个从妈妈的窝里抓了出来，装到一个粉红色的铁笼里，我还没来得及认清我的兄弟姐妹，就被主人挑中了。他们又把我装进这个蓝色的铁笼子里，带到现在这个家里来。

　　虽然离开了我的家人，但这个主人对我还不算差，我生活得比世界上任何其他的老鼠都要安逸得多。我就亲耳听到隔壁邻居的猫抓住一只老鼠吃掉的声音，它嚼起那只可怜同胞的骨头来发出咔嚓咔嚓的可怕声音。有一次，那只可怕的大猫不知道怎么溜进主人家的房子来，对着我的笼子又叫又挠，幸好笼子足够坚固，否则我早就成为它的美食了。它被我主人训斥一顿后，就再也没有来过。

　　主人是个贪玩的男孩，每天晚上他妈妈总要嘱咐他待在房间里安心写作业，可每次他都会偷偷在房间里吃藏好的饼干，还要拿饼干来逗我。我可管不了那么多，只要给我饼干吃就可以了，我还希望他多玩一会儿呢。不过有时候主人也很可恶，那就是他的作业写不完的时候，每每想到第二天要交空白的作业，他就开始生气，他会拿铅笔来戳我，我只能围着笼子到处乱窜。这个时候我就想，他最好给我走开，离得远远的，哪怕被猫吃了我也不想和他待在一个房间里。

　　来到这里以后，日子就这样一天一天过着，我已经习惯了这里的生活，每当看见主人打开冰箱门的时候，我就知道我要有美味的面包吃了；看到他把房间的灯关了，我就知道我又可以睡上一个安稳的觉了。

　　我的笼子就放在窗台上，窗户外面住了一只蜘蛛，它可以说是我在这个房间里唯一的朋友了。

"你可真舒服，能睡在这么舒适的笼子里，风也吹不到，雨也淋不到。"这是蜘蛛最常跟我说的话，"不像我，天天要自己抓虫子吃。"

"我这有什么好的？这可恶的笼子，出又出不去。像你可以悬挂在屋檐底下，天天能看见外面绿色的稻田，多好啊！"我说。

"你还是别了，你知道吗？我上次吃到一只蚊子还是两天前了，再没有蚊子飞来我就要饿死了。"蜘蛛趴在网中央说。

"可以自由活动比吃东西有趣得多啊，你看这个笼子，就这么大，也许我一辈子就要待在这里面了。"我接着说。

"你真的想出来吗？"蜘蛛往边上爬，它看见一只蚊子，不想让蚊子发现它，所以它打算躲起来。

"当然想了。你见识那么丰富，有办法吗？老兄！"我觉得它一定有办法，"如果你能帮我逃离这个笼子，那你一定是我最宝贵的朋友。"

"我听说，你的主人过几天要搬家了，那也许是你最好的机会。"

"这怎么说呢？"我从棉絮里坐了起来，"你能帮我打开笼子？"我不敢对蜘蛛报太大期望。

"我不能。但是你的主人能。"蜘蛛显得很自信。

"我从来没见他打开过。"我说。

"也许这个办法我们可以试试。"蜘蛛说完放下了一根长长的蜘蛛丝，整个身体垂到我的笼子旁边，它压低了声音，好像主人会听到它的秘密计划一样。蜘蛛的计划让我非常激动，凭我对主人的了解，这个计划一定能成功。

随后的每一天我都觉得特别漫长，因为我总是期待着主人搬家的日子到来。

终于，在这天早晨，主人的家人开始翻箱倒柜地装东西，一件件家具被搬到门外的卡车上。我的笼子几乎是最后一批被他们想起的东西了。

"天啊！怎么这么多蜘蛛网？"主人看着我的笼子惊叫道。

"里面还有苍蝇和蚊子。"这是主人的妹妹说的，"先带走再清理吧！"

"不！我绝不允许我的东西这么脏，也不要把它们带到新家里。"

我的机会终于来了。主人在毫无准备的情况下开始临时清理我的笼子，因此他没找到什么暂时关一下我的笼子，仅仅把我放在旁边的收纳盒里。

我看见了蜘蛛，它正趴在窗户外面向我做着手势，示意我赶快跑。

我跳了一下，但是收纳盒太滑了，我摔了个跟头，连续试了几下都如此。

蜘蛛也焦急了，它趴到窗户中央，大声喊了出来："加油，用力跳，这是最后的机会了，一会儿他清理完你就跑不掉了。加油！"

蜘蛛的助威还真有用，我憋足了劲儿，使出了老鼠家族最拿手的爬墙本领，用力一跳，终于摸到了收纳盒的边缘。我就这样顺利地逃跑了，主人还在那儿清理我的笼子呢。蜘蛛已经帮我设计好了逃跑的路线，沿着墙角往门外跑，转过厨房就有一个水管通到墙外。

房间里只剩主人还在翻箱倒柜地找，一边找一边喊着叫我出来吃面包，我才不傻呢，我自由啦！

梦工场课室

这个故事是五年级的小玉讲给大家听的。小玉养了一只仓鼠。那天上课的时候，老师让每个同学讲一个自己变成动物的故事。小玉就讲了这个故事。

小玉在课堂上说：

"我是一只仓鼠，我有一身雪白的毛，比别的老鼠好看多了。主人几年前把我买来，每天都好吃好喝地供着我，但是我不喜欢待在笼子里，我总想有一天我会跑出来的。在我的房间里还偷偷住着一只蜘蛛，它是我唯一的朋友。有一天，蜘蛛告诉我，主人要搬家了。它帮我想了一个办法，用蜘蛛网把笼子弄脏，等主人来清理蜘蛛网的时候，我就乘机跑了。"

在《营救仓鼠》中，主人公不是人，而是一只仓鼠，这样的情况在儿童小说中很常见。

比如，《尼姆的老鼠》的主角是老鼠；《洋葱头历险记》的主角是洋葱；《时代广场的蟋蟀》主角是一只蟋蟀；《夏洛的网》的主角是一头猪和一只蜘蛛。

在儿童小说里，**人物**既可以是人，也可以是动物、植物，甚至是石头、月亮……只要它们像人一样说话、会动，就可以称为**人物**。

故事一定要有**人物**，没有**人物**就没有故事。如果你要写一个故事，首先要告诉别人，你写的是**谁**的故事。是一个男孩的故事？还是一只猫的故事？或者是一只蜗牛的故事？

在讲故事之前，先确定故事的**人物**。

| 想一想 |

小说里的人物都有鲜明的**性格**。你知道什么是**性格**吗?

比如,小林性格开朗,小红性格善良,大灰狼是坏蛋,狐狸狡猾,等等。人物的**性格**,可以从他们说话做事的方式上看出来。

性格开朗的小林喜欢参加集体活动,性格善良的小红喜欢帮助别人,坏蛋大灰狼喜欢抓羊吃,狡猾的狐狸喜欢欺骗人,调皮捣蛋的孩子总爱搞破坏、做鬼脸,胆子大的男孩敢抓小老鼠……

故事里的人物必须有鲜明的性格和最显著的特点,故事才会精彩。比如,下面这些小说,它们的**人物**性格都很鲜明:

匹诺曹贪玩,爱说谎(《木偶奇遇记》)
豆蔻镇上**三个强盗**又懒又脏(《豆蔻镇的居民和强盗》)
长袜子皮皮的力气超大无比(《长袜子皮皮》)
女巫会把小孩变成老鼠(《女巫》)
安妮乐观又善良(《绿山墙的安妮》)
凡卡很悲惨,很可怜(《凡卡》)
尼尔斯由不爱学习变得善良可靠(《尼尔斯骑鹅旅行记》)

你读过吗?如果没读过,不妨到图书馆找来读一读。

试一试,你能说出下面这些人物的性格吗?

小茉莉＿＿＿＿＿＿＿＿＿＿＿＿＿＿＿＿＿＿＿＿
＿＿＿＿＿＿＿＿＿＿＿＿＿＿＿＿＿《假话王国历险记》

小兔子罗伯特＿＿＿＿＿＿＿＿＿＿＿＿＿＿＿＿
＿＿＿＿＿＿＿＿＿＿＿＿＿＿＿＿＿＿＿＿《兔子坡》

卡梅拉＿＿＿＿＿＿＿＿＿＿＿＿＿＿＿＿＿＿＿
＿＿＿＿＿＿＿＿＿＿＿＿＿＿＿＿＿《不一样的卡梅拉》

你还知道哪些让人印象深刻的[人物]？把他们的名字和性格写在横线上吧，别忘了写你是在哪本书上读到的。

_____
_____ 《_____》

_____
_____ 《_____》

_____
_____ 《_____》

你想给大家介绍一个有趣的人物吗？发挥你的想象力，设计一个人物出来吧！不一定是人，可以是动物，或者某种物品。想好以后，和同学、老师或者爸爸妈妈讨论一下。

主题四　环境大冒险

同学们，我们再来认识一下什么是环境，你就知道小说是什么了。

小说由**情节**、**人物**、**环境**组成，前面两个我们已经知道了，**环境**又是指什么呢？

这么说吧，故事是人物在一些地方发生的事情。这个**地方**就是我们要说的环境。

主角是在家里吃饭？还是在山洞里吃饭？是在森林里遇到怪兽？还是在宫殿里遇到怪兽？是下雪的时候出去玩？还是天晴的时候出去玩？不同的 [环境] 会使故事的结局不同。

在儿童小说中，作家们往往会创造一些不可思议的环境出来，最出名的像《爱丽丝梦游仙境》《绿野仙踪》等。读一读这篇**《杨音轻柔杏花村》**，它讲的是一个有神奇魔力的女孩的故事。

杨音轻柔杏花村

在很久以前，有两个村子，两条大路，一条往左，一条往右。通往村子的路上有很多五彩石照耀着昏暗的小路。如果在春天来的时候，路的两旁就开满了梨花、海棠花、桃花、栀子花、杏花、映山红……而且还有很多小鸟在梨树上叽叽喳喳唱个不停。

进村路边的大石头上，刻着一个感人的故事，如果有人读出石头上面的故事，会看见石头流下眼泪。沿着右边的道路一直走向村子，有棵高大的杨树屹立在中间，满树挂着红色的布，有大大的红桃挂在树上。路过的人都会觉得奇怪，这棵杨树怎么会长出桃子？怎么又会挂满了布？树下有一块石碑，石碑上写着：这树代表着一位纯洁、优雅、善良、温柔的女人。

石头上刻的女人，名字就叫蝶。蝶出生的时候，村子里发生了很多奇怪的事情。她本来是在冬天的早晨来到这个世界上的，那时候大雪封了山，屋檐下挂着晶莹的冰条，动物都躲在洞里冬眠。蝶出世的时候，大人们都觉得一切因为蝶的哭声改变了。蝶的哭声非常特别，既不是"哇哇"地大哭，也不是"嗯啊！嗯啊！"的叫声，而是柔和、绵长的哭声，听上去像山羊的叫声，又好像是在哼着歌。

蝶动人的哭声一冒出来，屋檐上的冰条就融化了，山上的积雪也慢慢化成了水，太阳从灰蒙蒙的天空中露出了笑脸，天空就像被水冲刷一样很快就变成了蓝色，枯萎的桃树冒出了新芽，迎春花透出了一点点的红色，天气突然变得暖和了，松鼠从树洞里跳了出来，爬上松树枝头嬉戏。春天一夜之间就来了。

蝶的妈妈拿出早就准备好的奶瓶哄蝶，让蝶停止了哭声。更奇怪的事情又发生了。那些绽放的花朵迅速枯萎，天空又飘起了鹅毛大雪，松鼠被冻得直哆嗦。天气就好像变戏法一样又回到了冬天。

从此，蝶唱歌能唤醒春天的说法就不胫而走，大家都在惊叹蝶的神奇，只要她哼着歌，万物都会苏醒，四季都会变成春天。

蝶渐渐长大了，她学会了很多歌谣。村里的人都很喜欢蝶。因为，谁家稻田里的水稻长得不好，只要请蝶去给水稻唱一首歌，第

二天水稻就会打起精神挺拔地生长；谁家的玉米被虫吃得耷拉着脑袋，只要蝶唱一首歌，玉米就会站直腰杆；就连母牛生了病，听了蝶唱的歌，都很快会好。村里的人都说蝶是上天赐给他们的礼物，有了蝶，村子四季都有春天，所有沉睡的东西都会苏醒。

更加奇怪的是，人们发现蝶长得特别快，每一次她唱完一首歌，她自己也会长高很多，才用了不到一年，蝶就长得和十几岁的女孩一样高了。蝶为此感到非常开心，因为她能长得比别的孩子快，昨天还在和隔壁的婴儿抢玉米棒子，今天她就可以自己跑到田野里采花了。

"用不了多久，我就能像大人那样想做什么就做什么了。"蝶在心里想。

当蝶已经长到和十二岁孩子一样高的时候，妈妈拿给她一根赶羊的鞭子，对她说："蝶，你已经长大了，现在你要开始学会劳动，以后只有劳动才能养活你自己，你先学会放羊吧。"

蝶接过羊鞭，学着妈妈的样子打开羊圈的门，饥饿的羊群在领头羊的带领下一下子就冲出了羊圈，一路上咩咩地叫着，朝山上走去，它们太熟悉山路了，以至于蝶都不用带路。她只要看好羊不越过篱笆去吃人家的青菜就可以了。

蝶赶着羊群，很快就来到了山上，漫山遍野都是翠绿的青草，羊群只顾低着头吃着，它们根本就不想抬头，哪怕现在头上的天也是蔚蓝蔚蓝的。蝶却被蓝天和绿地那清澈的美陶醉了，情不自禁地就唱起了歌。

蝶的歌声实在是太好听了，羊群都停止了吃草，抬头看着蝶，慢慢聚拢到蝶的身边来。山上的松鼠、寒鸡、野鹿，也都从树丛里冒出头来。很快，那些还没开花的映山红也渐渐露出了花骨朵，蝶一首歌唱完，山上的映山红全部都绽放了，就好像火突然点着了山一样，整个山都变得红艳艳的。

看着自己又长大了一点点的身体，蝶满意地收起了自己的歌喉。就在蝶停止唱歌的时候，远处传来了一阵悦耳的口琴声。那口琴声悠扬又绵长，带着一点点忧伤，和蝶的歌声完全不同。如果说蝶的歌声让人感到愉悦，那么那口琴声会让人感到伤感。

蝶对这个和自己完全不同的音乐感到好奇。她顺着声音走去，越过一片裸露出来被风化的山石，看见一个用榛子叶搭成的棚子，棚子里躺着一个衣衫褴褛的男孩。男孩头上戴着一顶自己用蕨草编成的帽子，衣服有一边袖子已经被撕掉，脚下穿的是一双自己打的草鞋。

"你这是什么乐器？"蝶靠近棚子突然问道。

男孩停下了口琴，看了看突然出现的蝶，冷冷地回答了一句："口琴。"

"能教我吗？"蝶很好奇。

"不能。"男孩站了起来，他好像对蝶突然打扰到他吹口琴而感到有点生气。

"为什么啊？这么小气。"蝶继续说道。

"这是我妈妈留给我的。"男孩回答。

"我就吹一下，不会弄坏它的。"蝶反而更加好奇了。

男孩转身想走，但好像有什么心事一样，又停顿了一下，转过头来说："给你吹一下也行，你要告诉我哪里有兰草。我找了很久都没找到。"

"我没找过兰草啊，我今年才两岁呢，从来没上过山。"蝶说。

"你骗人吧，两岁怎么可能这么高？不说就算了。"男孩又转过头，准备要离开。

"我不骗你。你找兰草做什么？"蝶继续问。

"治病。"男孩没有说太多话。

"谁生病了啊？"蝶好奇地问。

"亲人。"男孩的回答总是很简单。

"你不用找兰草了，我帮你。"蝶开心地说。

"真的？你怎么帮？你知道是什么病？你是医生？"男孩连续问了好几个问题。

"你答应教我吹口琴，我就帮你。"蝶笑着说。

"你骗人，刚刚还说你才两岁。"男孩将信将疑地说。

"不信？你来看。"蝶说完，沿着棚子转了一圈，终于找到一株即将枯萎的灌木，她对男孩说："看着。"

说完，蝶就开始用她动人的歌喉唱起了歌。很快，那枯萎的灌木就神奇地发芽了，嫩芽一点点从树枝上钻了出来，慢慢长成了叶片。男孩看着眼前的一幕，嘴巴惊讶得张得大大的。

"我没骗你吧？"蝶微笑着说。

"你是神仙吗？"男孩说。

"我叫蝶。我也不知道为什么，我一唱歌就能把生命唤醒。我唱得大声的话，山上的映山红都会开，冬天也会变成春天。"蝶说。

"所以你自己也长得很快？"男孩问。

"也许是吧，所以我现在才两岁。现在你信了吧？"蝶说。

"信了，信了。"男孩好像找到什么解药一样笑得非常开心，"那你的歌声也能治病？"

"试一试咯。"蝶说，"你叫什么名字？你这口琴很好听。"

"我叫奇，"男孩的话开始多了起来，"我妈妈在我很小的时候就去世了，她去世前每天都会头痛，头痛的时候就撞墙，这是她留给我的口琴，她说我想她的时候就拿口琴出来吹，她听得见的。"

"那你教我吹口琴，我帮你爸爸治病。"蝶说道。

"我爸爸没生病。"奇说得吞吞吐吐的。

"那是你爷爷病了？还是奶奶病了？"蝶问。

"都不是，"奇说道，"是邻居的婶婶病了。"

"邻居病了为什么要你来找药？她的孩子呢？她的丈夫呢？"

蝶不停地问。

"她没有孩子，也没有丈夫，她是一个非常善良的人。自从我妈妈去世以后，我爸爸又娶了一个后妈，后妈不让我吃饭，让我干很多的活儿。"奇坐了下来，开始说起了自己的身世，"我觉得自己活得好狼狈，很可悲，没有自由，没有属于自己的家，我都是倒在哪里就睡在哪里。一个人上山干活，怕野狼，怕老虎。以前爸爸妈妈都陪在身边的时候，我觉得很幸福，但现在我就像一粒可有可无的沙子。有一次，我到山上砍柴，因为太饿，晕倒了。正是邻居大婶把我救醒的。从那以后，她就一直关照着我。她真的是一个非常非常好的人，把自己舍不得吃的鸡蛋留给我，杀了鸡总会给我留鸡腿。想起她，我就想起我的妈妈。每次爸爸喝醉酒后，我都会跑到她家的柴堆里。"

"难怪你这么辛苦也要帮她找兰草。这么善良的一个婶婶，她一定会没事的啦！还有我呢。"蝶安慰奇道，"今天就先不学口琴了，我们先去帮婶婶治病。"

看着那株长了嫩叶的枯萎小树，奇对眼前的女孩充满了信心。

随后的事情变得非常简单，奇带着蝶找到了邻居婶婶，蝶一唱歌，婶婶的气色就立即变好了，原本躺在床上没有一丝力气的身体也渐渐变得硬朗起来，很快婶婶就像平日一样生龙活虎地站了起来。她马上就能忙前忙后地做起饭来，还做出了最好的菜来感谢蝶的帮忙。这对蝶来说再平常不过了，平时她帮过的邻居都会这样感谢她。

从那以后，奇每天都会来到山上，他喜欢听蝶唱歌，蝶唱歌的时候万物都会苏醒，小动物们都会来到她身边，山花会慢慢绽放。蝶也喜欢听奇吹口琴，奇的口琴里总能听出他对妈妈的思念。

蝶的歌声让她长得非常快，很快这就成为她的烦恼了。因为蝶一下子就成了大人，再长她就要变老了。蝶开始为自己担心起来。她不知道她唱歌的魔力对她来说是好事还是坏事。

"我想停止唱歌。"蝶对奇说。

"为什么呢？你的歌声这么好听，不唱了多可惜啊！"奇问道。

"再唱我怕自己会变老。"蝶忧心忡忡地说。

"怎么会呢？你的歌带来的是春天，也一定会带来年轻。"奇说道。

"那我再试一试？"蝶轻声说。

"试一试吧。"奇还是想听蝶的歌声。

蝶又放开歌喉唱了起来，山上的野花更红、野草更绿了，但一首歌唱完，奇却惊奇地发现，蝶的头上多了几根白头发。"看来你的担忧是真的，你可以让万物复苏，却要付出自己年龄的代价。以后不要唱了。"奇说道。

从此，蝶回绝了所有找她帮忙的请求，她不再帮邻居把土豆苗唱活，也不再帮邻村的老人把母鸡唱好，她只想安安静静地过自己的生活。很多请求蝶帮忙的人都说她变了，说她变得不再大方，不再善良，明明有办法帮助大家，却舍不得帮忙。有的人认为蝶需要礼物才肯帮忙，赶着山路用马匹驮着很多新衣服来请蝶，蝶也没有答应他们。

习惯了蝶帮忙的村民乱了套。他们不知道怎么治好生病的小羊，不知道怎么让枯死的黄豆苗活过来，蝗虫一多，很多青菜都停止了生长。冬天快到了，人们收的玉米和土豆都远远不够过冬，往年有蝶的歌声，四季如春，大家都停止了上山砍柴。今年，眼看冬天快要来到了，大家的柴棚里却空空如也。村子开始乱了起来。人们不知道先去地里挖剩余的土豆好储备过冬的粮食，还是先上山砍柴使冬天有火能烤。整个村庄的人都变得手忙脚乱。

大家担心的冬天却比平常来得早了很多。10月的时候，雪就开始下了下来。来不及准备冬天柴火的人只能冒着严寒进山砍柴。因为雪天路滑，已经有两个村民摔断了腿，是几个邻居挣扎着把他们抬回来的。大雪很快就把村庄封了，各家的屋檐下又结起了长长的冰柱。来不及准备过冬粮食的松鼠，很多被冻死在树枝上。

"蝶，唱首歌吧。"一个被冻得脸颊发紫的大婶推开蝶家的门，她手里抱着的婴儿冷得没了哭声。

"唱首歌吧。"一个老爷爷也站在门口说。

蝶走出家门,此时的天空已经被纷飞的雪遮住了,所有的房屋被埋在皑皑白雪里,只露出一点尖尖的屋顶。只有少数人家的烟囱里还冒着烟。

"蝶,你不能唱了。"奇知道肯定会有很多人来到蝶家请她唱歌,"你不能唱了。"

"没事的。"蝶微笑着对奇说。

说完,蝶迈出了脚步,走在雪地里,只留下两行深深的脚印。她一路向山上走去。坐在山上的雪堆里,蝶开始唱歌了。这一次,她不停地唱,整整唱了四天四夜。天上的鹅毛大雪才散去,山才开始朗润起来。太阳照到村庄的时候,雪融化了,房子露出了原来的模样。而蝶,却慢慢变成了一个老太太,头发变得花白,等她唱完最后一首歌的时候,她已经倒在地上刚长出的青草里。

人们纷纷跑过去看蝶,蝶却真的变成了一只蝴蝶……

梦工场课室

这是六年级小雪写的故事，老师在她写的基础上做了改动。小雪的爸爸在她很小的时候就去世了，她和弟弟跟着妈妈一起长大。小雪非常喜欢唱歌，是一个爱幻想的孩子，她总想着自己能有一种魔力，一唱歌就能带来春天，家里就不用烧煤，不用受冻。所以，她设计了这样一个故事。

小雪把她的故事分享给了同学，她特别渴望自己有唱歌治病的魔力，这样她就能把妈妈的腿疼治好。但是她又觉得自己的童年有很多不幸，爸爸去世了，她怀疑自己将来会变成蝴蝶……

小雪把她平日里想的事情都变成了故事，这个故事或许不是那么完美，但是它把小雪心里的话全都说了出来。

读完《杨音轻柔杏花村》你有什么感觉？

这个世界上真的有一年四季是春天的地方吗？

人唱歌能唤醒冬天吗？

在《杨音轻柔杏花村》中，这些地方就被构想出来了。在儿童小说里，经常可以看到这些神奇的**环境**。

环境是小说的重要组成部分，它交代了故事发生在哪里，什么时候，周围有一些什么，对故事的进展影响非常大。

蝶生活在**村庄**里，她出生的时候是"**大雪纷飞的冬天**"，蝶的哭声唤醒了桃花，融化了冰雪。因为蝶不再唱歌，冬天突然来临了，打乱了大家的计划……

由此可见，**环境**对故事很有影响。

我们听过的所有故事，和读过的所有小说，一定是在某个**环境**里发生的，有的时候我们也把**环境**称作**背景**。

比如，《绿野仙踪》里，多萝茜生活在**草原**上，她被飓风刮到**芒奇金人**那里，这个地方四面是**沙漠**，**东西南北**四个方向各住了一个女巫，多萝西想要回家，就要到**翡翠城**去找魔术师奥芝帮忙；在寻找奥芝的过程中，多萝西和她的伙伴走过了**瓷器国、罂粟田、住着开力大的森林、桂特林人国家和坏女巫的城堡**。

再比如，《哈利·波特》里，哈利·波特从看不见的**九又四分之三站台**坐上了去**霍格沃茨魔法学校**的列车，他们坐船穿过**黑色的湖泊**，哈利·波特被分院帽分到**格兰芬多学院**，霍格沃茨魔法学校的楼梯，有的爱晃动，有的中间消失了，要跳跃才能往上走，学校的门必须有礼貌的请求，它才会开，有的门需要帮它挠痒……

在儿童小说里，作家们往往会写出一些不可思议的**环境**来，穿过黑板可以来到一片住着怪兽的树林，小猫从书里跳了出来，一艘由乌龟托着行走的船上，长满了食人花的公园……

当然，也有很多**环境**是真实的，家里、学校里、森林里，等等。

无论如何，故事必定发生在一个**环境**里，这个地方可以是晴天，也可以是下雨天；可以是春天，也可以是冬天；可以是白天，也可以是夜晚。

如果你要给大家讲一个故事，你要让大家知道你的故事发生在哪里，讲故事之前，先想好**环境**。

| 想一想 |

环境又被称为**背景**，分为**自然环境**和**社会环境**，或者说**背景**可以分为**自然背景**和**社会背景**。

比如，草原、森林、湖泊、地下、云端，这些就叫**自然环境**。城市、学校、游乐场、家里，这些就叫**社会环境**。

人物遇到某件事情的**地方**就是**环境**。

这个**地方**是下雨、下雪还是天晴？是白天还是黑夜？是舒适的还是危险的？这个地方生活着吃人的巨人还是生活着可爱的小人？这里的房子是用玻璃做的还是用树木搭建的？

讲故事首先要交代好故事发生在哪里，是在地洞里还是白云

上？是在森林里还是城市中？

除了前面提到的《绿野仙踪》《哈利·波特》，你还知道哪些让人印象深刻的**环境**呢？从哪些书上读到过呢？儿童小说非常有趣，因为，很多儿童小说都创造了一些全新的环境，我们可以放飞想象力，大胆地去设想一些环境出来。比如：

《玻璃马》里有玻璃山妈妈的小屋，玻璃山妈妈屋里的水缸无论如何也倒不满水；

《西游记》里有天宫，有女儿国，有地府，有花果山；

《爱丽丝漫游奇境记》里有兔子洞，有眼泪池；

《哈利·波特》里有魔法学校；

《海底两万里》的故事发生在海底。

当然，有的故事发生在真实的地方，比如：

《绿山墙的安妮》里的绿山墙农庄；

《雾都孤儿》里的伦敦；

《尼尔斯骑鹅旅行记》里的瑞典风光。

你还能说出哪些让人印象深刻的**环境**？

《＿＿＿＿＿＿》里的＿＿＿＿＿＿＿＿＿＿＿＿＿；

《＿＿＿＿＿＿》里的＿＿＿＿＿＿＿＿＿＿＿＿＿；

《＿＿＿＿＿＿》里的＿＿＿＿＿＿＿＿＿＿＿＿＿。

故事一定是在某个地方发生的，可能是天上，也可能是海底，可能是平时上学的学校里，也可能是在家里，或者是森林、草原、地下水晶洞……人物一定在某个地方做某些事情。不管是真实的还是虚构的，一定会有一个地方存在。

梦工场宝典

同学们，恭喜你！你已经完成了第一篇的学习。

在第一篇里，我们读了《我的爷爷是柳树》《营救仓鼠》《杨音轻柔杏花村》这三个故事。每一个故事后面，我们都讲了一个关于小说的词语：情节、人物、环境。

有人物，有环境，有故事情节，这样的文章我们就把它叫作小说，写给孩子看的就叫儿童小说。

现在，你认识小说这个有趣的家伙了吗？

平时，很多同学都会读小说，老师要求读完后写读书笔记。有的同学还不知道怎么写，让我来告诉你吧！抓住人物、情节、环境这三个要素。你可以按照下面的格式来写读书笔记，写过几次简单的读书笔记后，你就懂得故事应该怎么讲才精彩了。

《营救仓鼠》

[环境] 家

仓鼠被关在笼子里，笼子在主人的房间里。

[人物] 仓鼠，蜘蛛，主人

仓鼠是房间的主人养的，它虽然衣食无忧，但是总想着到笼子外面过自由的生活。蜘蛛很聪明，但他羡慕仓鼠的生活。

[情节]

我是一只仓鼠，我不喜欢现在关着我的笼子，我想逃跑。蜘蛛帮助了我，它在笼子里织了很多蜘蛛网，主人为了清理蜘蛛网，把我从笼子里放了出来，我乘机逃跑了，我和蜘蛛成了好朋友。

主人为了清理蜘蛛网，把笼子打开了，我跑了出来。

结局：我终于获得了自由。

构思篇　一人一故事

　　参加梦工场写作班的同学越来越多,最开始,大家都帮着老师一起构思春桃的故事。同学们描述了青岗树,描述了鬼鸟,构思了蘑菇国、蝴蝶国。

　　后来,越来越多的同学灵感迸发,每个人都带来了自己的精彩故事。可怕的恶龙,会走路的土豆,农场里的鸡和鸭,画梦的老人……

　　在这一篇里,你将看到他们的奇思妙想!

 主题一　缤纷创意秀
- 农场大逃亡
- 梦老人
- 桃树的约定

 主题二　想象"飞"起来
- 菜园奇遇记

 主题三　奇妙素材库

主题一　缤纷创意秀

欢迎再次回到小说梦工场。

在上一篇的学习中，你已经认识了**小说**的三个要素：**人物、情节、环境**。在这一篇，你可以跟着另外三个故事走进我们的梦工场课堂。

这三个故事分别是《农场大逃亡》《梦老人》《桃树的约定》，由三个同学构思而成，老师和他们一起把故事写了出来。走进梦工场课堂，你可以看到这三个小朋友构想故事的过程。

看完他们的构思经历，你一定也会产生很多伟大的想法。

接下来，我们开始学习编写故事！继续跟着老师走进梦工场课堂，看看梦工场的同学们是怎么创作故事的。

在梦工场课堂上，老师和全班同学宣布了写故事的计划。随后，越来越多的同学分享了自己的故事。我们看一看，下面这三个故事是怎么构思出来的。

课堂上，老师问同学："你们想写谁的故事？"

四年级的小愉说，她要写一只鸭子的故事，因为她最喜欢的动物是鸭子，她对鸭子观察得很仔细。

小愉说："鸭子的嘴巴扁扁的，吃东西的时候很不方便，总是要像铲子一样在地里钻。鸭子走路的样子也不好看，屁股总是一扭一扭的。"

老师问小愉："如果你是一只鸭子，和公鸡一起住在农场里，会发生什么？"

小愉说："那只公鸡当然会嘲笑我啦！公鸡的羽毛那么好看，叫得又比我好听，它还会飞。不过我也有特长，我会游泳，它不会。"

课后，小愉找到老师，和老师讨论了这些问题：

老师："这只鸭子有哪些特点？"

小愉："它不喜欢自己的嘴巴，也不喜欢自己的尾巴，它总觉得公鸡的嘴巴比它的方便，公鸡的羽毛也比它的漂亮，公鸡还会飞，它很羡慕公鸡。"

老师："鸭子和公鸡生活在什么地方呢？"

小愉："它们一起生活在一个农场里。"

老师："鸭子和公鸡是好朋友吗？"

小愉："它们不是好朋友，因为公鸡总是嘲笑鸭子，鸭子也想报复公鸡。有一次，鸭子骗公鸡下河，公鸡呛了水。公鸡也骗鸭子从很高的地方跳下来，鸭子摔疼了。"

老师："非常好。故事还可以这样讲，有一天，鸭子和公鸡发现了一个天大的秘密，农场的主人是要把它们卖给屠宰场的。它们如果一直在农场里待下去，就会成为烤鸭和鸡汤。于是鸭子和公鸡化敌为友，它们决定联合起来逃离农场。"

在老师的帮助下，小愉终于把她的故事完善了。老师让小愉填了一条情节线：

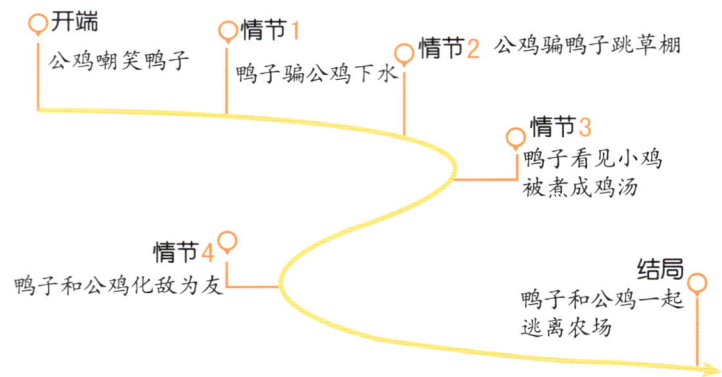

几天后，小愉终于为"鸭子"编了一个精彩的故事：有一只鸭子，它经常不开心，因为自己的嘴巴吃东西不方便，走路的样子也不好看，长着翅膀又不会飞，它很羡慕公鸡。公鸡也喜欢嘲笑鸭子，

嘲笑他走路的样子很难看。为了报复公鸡的捉弄，有一天，鸭子骗公鸡说池塘很凉快，公鸡信了，跳到池塘里，却发现自己不会游泳，幸好农场主救了公鸡。公鸡也不甘示弱，他骗鸭子说从草棚上面跳下来很好玩，不会飞的鸭子跟着跳了，摔了个大跟斗。鸭子和公鸡互相捉弄着对方。直到有一天，他们发现农场的篱笆外面有一堆鸡毛，还带着血，他们才知道一只鸡被农场主杀了，已经煮成鸡汤。鸭子和公鸡决定化敌为友，联合起来带小鸡小鸭们逃离农场。

于是，我们就有了《农场大逃亡》这个故事。

农场大逃亡

小黄鸭觉得很不开心。尽管平时大家都看见它"嘎嘎"叫得很快乐，但是一回到窝里它就会想：我不喜欢自己的嘴巴，因为它又扁又长，吃东西的时候很不方便，要把下巴挨在地上像铲子一样去铲食物，常常弄得满嘴都是泥巴，不像公鸡想啄哪里就啄哪里。

小黄鸭也不喜欢自己走路的样子，总是大摇大摆的，要把屁股扭得特别夸张，别的动物都以为他每天都得意忘形，最主要的是这种走路的姿势太难看了。

"嘿！小黄鸭！"住在隔壁的公鸡向小黄鸭打了个招呼。

公鸡的羽毛长得十分漂亮，红红的鸡冠像一顶漂亮的小红帽，脖子上的羽毛闪着金色的光芒，尾巴五彩斑斓的，走起路来高昂着头，两只脚想踩哪里就踩哪里，十分从容，不像小黄鸭，走起路来摇摇晃晃，显得十分困难的样子。

"公鸡大哥，你好啊！"尽管小黄鸭不是特别喜欢它，但它还是表现出很有礼貌的样子。

"你后面有东西。"公鸡看着小黄鸭摇摇摆摆地经过自己眼前的时候说。

小黄鸭急忙转过身看身后，但是因为它走路十分不稳，一不小心踩到了路边的坑里，摔了一跤。小黄鸭扑腾着翅膀，折腾了好久才站起来。

"喔喔喔！哈哈哈哈！"公鸡看着小黄鸭的囧态开心地笑了起来。

小黄鸭更加讨厌公鸡了，但跤是自己摔的，它根本就没有办法把火气发到公鸡身上，只能强忍着怒火，气愤地走了。

小黄鸭一直没忘记公鸡对它的嘲笑。这一天，机会终于来了，小黄鸭决定也捉弄一下公鸡。这是一个大热天，动物们都被热得发了蔫。小白猪懒洋洋地睡在没铺稻草的地板上，小狗趴在树荫下不断吐着舌头，水牛泡在水里不肯上岸吃草。鸡笼里的鸡们恨不得把身上的毛都拔了，公鸡想用翅膀扇点风，但越扇越热。

"公鸡大哥，水里很凉快，你快来啊！"小黄鸭在水里一边游一边说。

"真的吗？太热了，我快变成烤鸡了。"

"你快下来啊，好凉快的。"小黄鸭说完就把头钻到水底下又露出来。

公鸡真的相信了，它走到池塘边，看了看碧绿的池塘，却没敢往下跳，"你确定下面很凉快吗？"

小黄鸭看得出来公鸡有些害怕，它赶紧说："飞下来吧，我在这儿呢。"

公鸡终于鼓足勇气，闭上眼睛，拍打着翅膀向池塘里跳去。这下可不得了，公鸡本来就不会游泳，掉到水里后只能胡乱拍打着翅膀，很快水就把公鸡的羽毛弄湿了，公鸡觉得自己的身体变得越来越重，拍打的速度也渐渐慢下来。在这个危险的时刻，所有的动物都把目光投向了池塘，狗汪汪地叫了起来，其他的鸡也咕咕地叫个不停，猪被吵醒了，也站在猪圈里叫着，关注着事态的发展。

动物们的叫声引起了农舍主人的注意，他跑到农舍的篱笆边，看见了公鸡落水的一幕，急忙翻过篱笆，裤脚也来不及卷，就冲到池塘里，一把抓住公鸡的翅膀，把它捞了上来。

看着公鸡浑身湿漉漉的，在阳光下瑟瑟发抖，小黄鸭开心地嘎嘎叫了起来。

"你闯祸了！"动物们并没有觉得小黄鸭很聪明，它们纷纷指责起小黄鸭的恶作剧来，连鸭舍里的同胞也没有站在小黄鸭这边。

恶作剧事件过去几天了，农舍又恢复了往日的平静。鸡群们继续在草丛里扒着虫子，鸭子继续在水里翻着跟头，小猪还是懒洋洋地睡着大觉。

"喔喔喔！"公鸡站到了草棚的屋顶上唱起了歌。

大家抬头看时，只见小黄鸭也站在了公鸡的身旁，这两个水火不容的家伙现在似乎和好了，自从小黄鸭向公鸡道歉之后，它们两

个的关系就变得好了一些，尽管还会互相嘲笑，但没闹出什么大事来。看到这一幕，所有动物都感到无比幸福，在这个水草丰美的农舍，大家能和谐相处是再好不过的事了。

"你想不想试一下飞的感觉？"公鸡对小黄鸭说。

"我能飞吗？"小黄鸭好奇地问。

"我都可以，你比我轻，肯定没问题。"公鸡说。

"那你教我吧！"小黄鸭看着公鸡说。

"照我的样子做，往下跳的时候不停地扇翅膀。"公鸡一边说一边示范扇翅膀的动作，"来吧！"

说完公鸡从草棚顶上跳了下去，只见它不停地扇翅膀，飞的动作虽然很笨拙，但也很安全地着地了。

"不要跳！"鸭圈里的老鸭子大声地喊道。

可是来不及了，小黄鸭已经向草棚下面跳了下来。不管它怎么扇翅膀，都没法像公鸡那样滑行，它先是磕到了草棚突出来的竹竿上，然后又重重地摔在一堆草垛里，幸好有这堆草垛，否则小黄鸭就摔惨了。

"又是你，"站在草垛旁边吃草的奶牛对公鸡说，"你已经惹了很多事了，欺骗和报复对你没什么好处的。"

"还不快看看小黄鸭摔疼了没有！"母羊也严厉地对公鸡说。

本来想哈哈大笑的公鸡现在只能耷拉着头，小黄鸭从草垛里挣扎起来，一句话也不说，气呼呼地走了。

小黄鸭和公鸡就这样互相捉弄着对方，谁也不服谁，它们总想找机会展示自己的本领，顺便嘲笑对方。农舍每一天都这样过着，偶尔出现它们的小插曲，但总体上依然很平静，所有动物都享受着这里耀眼的阳光，以及吃不尽的美食。

直到发生了一件可怕的事情……

这一天，所有动物都在懒洋洋地睡觉，小黄鸭"嘎嘎"的声音

突然打破了宁静,第一个看见小黄鸭跑回来的正是公鸡,只听见小黄鸭一边跑一边喊:"不好了,不好了,出大事了!"

"发生了什么?"公鸡问道。

"咕咕不见了!"小黄鸭没有停下来,一边跑一边继续喊,"不好了!不好了!"

它跑到猪圈旁边的时候,小猪爬了起来,跑到鸡笼旁边的时候,所有的鸡也都探出头来,跑到鸭圈的时候它才停了下来。

"发生了什么?"最年长的鸭子问小黄鸭。

"池塘边有一堆鸡毛,还带着血!"小黄鸭上气不接下气地说。

先是公鸡跟着跑了过来,然后鸡笼里的母鸡、小鸡也全都跑过来了。鸭圈里的鸭子都"嘎嘎"地叫了起来,连小羊也从大老远的草地跑了过来。所有动物像炸开了锅一样,都往小黄鸭这边围拢过来。

"是不是有狐狸?"一只小鸡瑟瑟发抖地说。

"一定是黄鼠狼。"一只小白鸭说。

"它是被主人做成了鸡汤。"在农舍里生活的最久,也是最年长的奶牛淡定地说。

"主人养我们还会杀我们?还要做成鸡汤?"小鸡说完,所有的小鸡已经叽叽喳喳地哭了起来。

母鸡在旁边一言不发,已经下过无数蛋,孵出过无数小鸡的母鸡早就知道这一切,只是对小鸡说这个事太残忍了,它始终不愿意开口。母鸭子和母鸡一样,只是默默地看着自己的孩子。

"我们不要成为鸡汤!"公鸡大声说道。

"可我们又有什么办法呢?"母鸡感叹道。

"我们可以离开这里。"小黄鸭说道。

"这篱笆你飞不出去的。"母鸭子说。

它们越说越绝望,所有的小鸡都已经哭得不成样子了。

"大家静一静，"见多识广的奶牛走过来说，"想离开这里也不是不可能，前年就有一只小鸡逃跑成功了。"

"真的吗？你快告诉我们怎么做。"公鸡急忙问。

"主人经常会放我出去吃新鲜的草，离开农舍往南走几公里，那里有一片森林，直通南边的山群。上个月我还见到了那只逃走的鸡，它和我说，森林里非常自由，它现在过得很好。"

"它是怎么逃离这里的？"所有的小鸡小鸭都把目光投向了奶牛。

"池塘南面的篱笆很矮。大概是主人知道只有鸭子能游到那儿，而会飞的鸡是到不了那里的，所以做得那么矮吧。"奶牛说。

"我们要逃走！"小黄鸭喊道。

"我们要逃走！"很快，所有的小鸡和小鸭都跟着喊了起来。

"不要急，不要急！"母鸡喊道，"奶牛说的那只公鸡我是认识的，如果你们见到它，要代我向它问好。你们必须制定一个计划，要不然很难成功的。"

"我看公鸡最聪明，也最勇敢，你就带领小鸭们一起离开吧。"母鸭对公鸡说。

"小黄鸭也是小鸭子们的大哥哥了，它也应该做一个领队。"母鸡也说。

"那就这样，小黄鸭，你和公鸡一起，带着这些小鸡和小鸭离开农舍，行不行？"母鸭对小黄鸭说。

"为什么不是大家一起走呢？"小黄鸭问道。

"我们会下蛋，主人会好好对待我们的。"母鸡回答。

"只会剪我的毛。"绵羊也插话说。

"我是奶牛，挤牛奶而已。"奶牛也说。

"带领小鸡和小鸭离开这里的任务就交给你们两个了。"母鸭看着小黄鸭和公鸡说。

小黄鸭看着公鸡，公鸡也看着小黄鸭。

"我能带大家游过池塘。"小黄鸭说。

"我来飞上篱笆。"公鸡想到了一些办法，"你的嘴巴能派上大用场了。"

说完，小黄鸭和公鸡又悄悄说了几句话，好像他们已经有了逃跑的计划。

所有的动物，包括喜欢睡懒觉的猪、见多识广的奶牛、年老的母鸡和母鸭，以及温顺的绵羊，和它们一一道别后，小黄鸭和公鸡带着七只鸭子和六只小鸡出发了，他们要翻过篱笆，到森林里去。

| 想一想 |

这个故事到这里并没有结束，你能把故事继续讲下去吗？

小黄鸭怎么带公鸡和小鸡游过池塘的？

公鸡怎么带鸭子们飞出篱笆的？

飞出篱笆后遇到了什么？

到了森林里，最大的困难是什么？

请你想一想，把这个故事继续写下去吧。

梦工场课室

在梦工场的五年级课堂上，可可、小玉、阿焮一起想了一个人物——梦老人。

她们都对人为什么会做梦这个问题感到奇怪。有人提出"梦是不是有人画出来的"，有同学接着说"可能画梦的是一个老人"。于是，老师让大家把这个梦老人描述出来，可可、小玉、阿焮你一言我一语地描述道：

梦老人只在晚上出现；

梦老人很小，藏在花瓶里，白天谁也看不见；

梦老人在大家睡着后才出来；

梦老人出来的时候会有蓝色的光，像灯笼一样；

梦老人穿着蓝色的睡衣；

睡衣上有黄色的星星；

还有月亮；

他还戴着帽子，帽子也是蓝色的；

帽子顶端有个白色的球，像圣诞老人一样；

他穿着拖鞋，拖鞋也是蓝色的；

梦老人还长着白白的胡子，胡子长到肚子那里；

他手里拿着一个画梦的棒，要靠那个棒画梦；

梦老人开心的时候就画好梦，不高兴的时候就画噩梦；

他画的梦就像云一样，从花瓶里飞出去；

我晚上醒来不小心看见他在那儿画梦；

我让他教我画梦；

他告诉我，要给好人画好梦，给坏人画噩梦……

几个同学都对老师说，她们想写梦老人的故事。老师和她们讨论了下面这些问题。

老师：是谁看见梦老人的？

可可：当然是我啦！

老师：你在什么时候看见梦老人的？

小玉：肯定是在晚上了。

老师：那故事的主人公是"我"还是梦老人？

阿焖：肯定是我啊，我看见梦老人，梦老人教我画梦，我学会了以后就去画很好的梦给大家。

老师：故事还可以这样讲，我一直在给孩子们画梦，我喜欢看见孩子们在睡梦里甜甜的微笑，但有时候我也会画噩梦。

可可：遇到那些做了坏事的人，我就会画噩梦给他们。

小玉：后来，我到了一个村庄，这个村庄里有一个吃人的妖怪，妖怪喜欢抓小孩。村庄里的人想了很多办法都无法打败妖怪。我一直给妖怪画噩梦，妖怪总是睡不好，每次都被吓醒。最后妖怪跑了，我用梦老人教给我的办法为人们做了一件好事。

同学们的故事非常精彩，老师也同样让她们填了情节路线：

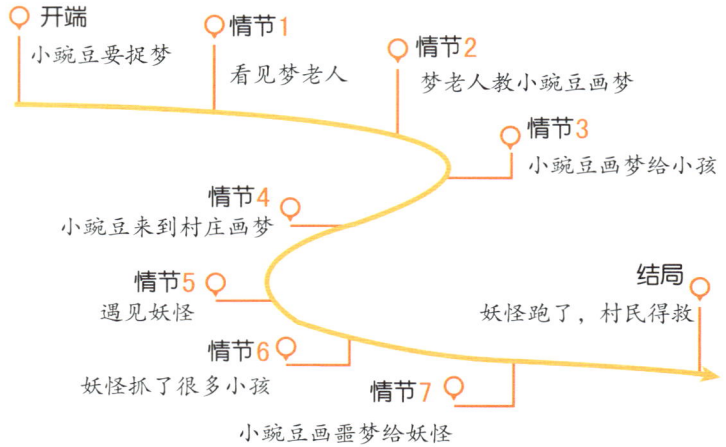

梦老人

人为什么会做梦？

这个问题一直困扰着小豌豆。小豌豆决定做一个捉梦的装置，把梦抓住好好研究，回答这个大人也无法解决的千古难题。

说做就做，小豌豆把家里能用的工具都搬了出来。

如果昨天晚上那只会飞的梅花鹿还来，它一定是从窗户飞走的。小豌豆拿出装篮球的网，用铁环做了个套口，在网兜的底端挂了一串铃铛。"如果梅花鹿被网兜网住，铃铛会响，我就会醒来把它抓住"，小豌豆心想。

还有那只会唱歌的兔子，在梦里，它的歌声总是那么动听，"如果我打开录音笔睡觉，我一定能把它的歌声录下来。"小豌豆又想到。

做完这两件事后，小豌豆小心翼翼地睡下去了，他知道梦里的东西从来不会在他醒着的时候出现，他只有睡得很深沉它们才会到来。所以，小豌豆没有想任何事，把头舒舒服服地靠在枕头上，很快就睡着了。

第二天醒来，小豌豆一睁开眼睛就立刻看网兜，网兜空空的，什么也没有。他又按下了录音笔的播放键，直到听完也没有任何声音。"昨晚我明明梦见了一匹会说话的马，还问我去草原往哪儿走呢，怎么会什么也抓不到呢？"小豌豆自言自语道。

小豌豆用了一天的时间总结了很多办法，他又想到一个装置，在房间的地板上铺满了纸，每张纸上都涂满了水彩颜料。他想，如果梦里有任何东西进来，他们都会留下脚印。

小豌豆又像昨天一样安安稳稳地入睡了，梦里他见到了一只长着獠牙的鹅，那只鹅追着他满地跑。可是第二天，小豌豆起来看的时候，地面上的纸依然整整齐齐地摆在那里，没有被任何东西踩过。为什么会这样呢？

后来，小豌豆又试了很多方法，没有一个能成功的，他渐渐地把捉梦这个事情给忘记了。

直到有一天晚上，小豌豆梦见了一只萤火虫，萤火虫不断叫着他的名字："小豌豆，小豌豆！"小豌豆迷迷糊糊地从被窝里爬了起来，萤火虫不见了。小豌豆却看见客厅里有一缕淡蓝色的荧光。

小豌豆轻轻走到荧光旁边，原来这是客厅的花瓶发出来的光。小豌豆弯下腰仔细观察花瓶的时候，眼前的一幕让他差点叫出声来。

原来花瓶里有一个老人，老人身上穿着一件蓝色的睡衣，戴着一顶蓝色的帽子，连拖鞋也是蓝色的，他的睡衣上镶嵌着很多金黄色的月亮和星星。他雪白的胡子飘在胸前，手里拿着一把银色的手杖，正用手杖在一面白色的画板上画着东西。小豌豆仔细一看，老人画的正是刚刚叫他的萤火虫。

"嘿！你是谁？"小豌豆轻轻地叫了一声。

"噢！噢！噢！"老人连着惊叹了三声，好像被突然出现的小豌豆惊吓到了一样，"嗖"地转过身来，手杖差点掉在了花瓶底上。

"我怎么会被看见了！这可不得了。"老人惊叹道。

"你是谁？为什么不能让我看到？"小豌豆把声音放得非常舒缓，极力表现出他友好的一面，生怕把眼前这个可爱的老人给吓跑了。

"既然你都看见了，那我只能告诉你了。我是梦老人。"老人捋了捋胡须，看着小豌豆说。

"我为什么从来没有梦见过你呢？"小豌豆蹲下来平视着梦老人说。

"你不会梦到我的，因为你的梦都是我画的，"梦老人说，"画梦就是我的工作。我要画成千上万的梦来陪伴睡眠中的人们，这样他们才不会太孤独。"梦老人说完继续画着梦。

"太神奇了！"小豌豆惊叹道，"你可以教我画吗？"

梦老人仿佛没听到小豌豆的问题，继续滔滔不绝地说："我爷爷的爷爷的爷爷的爷爷很早就做这份工作了，现在我也快成为爷爷了。其实，画梦是一件非常有意义的事情。一个美妙的梦能让人身

心愉悦,人们可以在梦里实现一些不可思议的事情,比如说飞起来。"梦老人说完,给画框里的猪安上了一对翅膀,那头小猪就飞了起来,画框里的梦就像云雾一样慢慢升起,飘向了窗外。

"你觉得梦是假的吗?不,不是的,谁不想自己会飞呢?"梦老人一边提问,一边就自己回答了。

"那为什么会有吓人的噩梦呢?"小豌豆问道。

"噩梦?噩梦当然也是有用的。"梦老人说。

"噩梦也有用?"小豌豆惊讶地问。

"当然有了。"梦老人整理了一下他画梦的手杖继续说,"其实噩梦的作用比好梦还大一些。人如果做了坏事,我就会画一个噩梦给他。让老虎或者蛇追着他跑,有的人会因为噩梦而后悔他做过的错事。你想看一个噩梦吗?"梦老人问。

"我……"小豌豆还没来得及回答,梦老人就开始在画框里画了起来。

这一次,他画的是天空塌下来的可怕梦境,蓝色的天空就像玻璃破碎一样裂开了很多裂纹,随后哗啦啦地倾泻而下,地上的一个男人被破碎的天空吓得抱头鼠窜。

"太可怕了!"小豌豆说。

"你想学吗?男孩子应该有一门属于自己的技术。也许你以后能给很多人带来快乐,也许你可以救很多人。"梦老人对小豌豆说。

"我真的可以学吗?"小豌豆兴奋地问。

"为什么不可以呢?我想,我也应该找一个人帮我把画梦的技术传递下去。"梦老人微笑着说。

"那我要怎么做?现在就教我吧!"小豌豆迫不及待地请求道。

"等一等,等一等。"梦老人挥了挥手杖,"你必须先答应我一件事。"

"只要能学会画梦,我都答应。"小豌豆说。

"嗯，你是一个大男孩了，你应该为自己说过的每一句承诺负责。"梦老人说。

"那是一定的。"小豌豆难以抑制他的兴奋。

"画梦是个秘密，你不能让任何人知道你能画梦，你也不能告诉别人我在哪儿，你能做到吗？"梦老人说。

"这太容易了，我一定能做到。"小豌豆说。

"我相信你，但是现在天快亮了，我必须走了，我们晚上再见。"梦老人说完，拿出一个袋子，把手杖和画框都装进了袋子里，蓝色的荧光渐渐暗了下来，老人就像青烟一样消失在了花瓶中。

这个白天，小豌豆一整天都非常兴奋，但是为了保守秘密，他没对任何人说起，他一心只等着晚上和梦老人学画梦。

晚上，梦老人如约来了。他检查了一下小豌豆在学校画的画，说："看起来你学画画很认真，如果你做事情不用心，我是不会教你画梦的，你不能毁了别人的好梦。"

不管梦老人说什么，小豌豆都答应了下来。

"画梦，其实并不难。你首先要有爱心。"梦老人开始传授他的画梦技术。

"爱心和画梦有什么关系？"小豌豆不解地问。

"你做了好梦之后会有什么感觉？"梦老人反问道。

"当然是会开心啊。"小豌豆回答。

"这就对了。如果画梦的人自己都不开心，他怎么能让别人开心呢？如果画梦的人自己都感受不到幸福，他怎么能给别人幸福呢？"梦老人说。

小豌豆挠了挠头，这些问题听起来好像很难，但又好像有点道理。

"你必须有爱心，你要爱每一个睡梦中的孩子，你要看到人们脸上的微笑。然后，你才能让他们在睡梦中甜甜地笑起来，"梦老人像老师一样对着小豌豆讲课,"哪怕是一个大坏蛋,也会有东西让他开心起来。"

说完,梦老人让小豌豆参观了一个梦。这个梦是一只恶狗做的,平时人们都害怕甚至厌恶这只恶狗,恶狗在梦里舔着自己的孩子,梦见自己睡在白云上,露出甜美的微笑。

"记住,画梦技巧第一条,爱心。有了爱心,你才知道怎么把快乐分享给大家。"梦老人总结道。

"那噩梦呢?"小豌豆突然想起来,给别人噩梦好像并不是什么爱心。

"噩梦也是因为爱心。"梦老人说。

"为什么?"小豌豆疑惑地问。

"没办法说清楚,等你画的多了你就知道了,"梦老人打断了他的问题,"画梦的技术很简单。"梦老人开始讲授画梦的技术。

那些技术听起来并没有什么难的,都是在学校美术课上老师教过的技巧。唯一不同的是,梦老人画的东西奇形怪状的,最后用手杖在梦境上点一下,梦就飞出去,不知道飞到谁的房间里了。

等到小豌豆醒来的时候,梦老人已经不见了,枕头边却多了一根手杖,小豌豆轻轻拿起手杖,将它收到最安全的口袋中。

小豌豆决定出去走一走,找机会试一试自己是不是学会画梦了。

| 想一想 |

剩下的部分,我们也一样没有公布出来。相信你读到这里,也已经有了很多自己的想法了吧?你可以把你想的补充到故事里吗?

你可以写下来,也可以说给同学听,或者说给老师、爸爸妈妈听。

梦工场课室

我们第一次开设"小说梦工场"这门课，是在一所山村小学里，所以梦工场的同学们有的来自大山。在一次语文课上，我们写了一篇《二十年后回到故乡》的作文。有的人写到二十年后自己成了一个医生；有的人写到二十年后自己成了一个有钱人，把家乡的路开通了。阿群的故事引起了大家的兴趣：二十年后，阿群回到故乡，发现一棵桃树已经结出了桃子，她在桃树下等了七天，还是没有等到勇哥。

阿群和勇哥一起种过一株桃树，他们约定等到桃子成熟的时候再回到村里来……

老师让阿群把这个作文扩展一下，把情节交代完整，它就成为一个很精彩的故事了（她把勇哥的名字改成了罗英）。

阿群和罗英（勇哥）的家境就像她写的那样，毫不夸张。这个故事是发生在阿群身上的真实故事，虽然它很普通。我把这个故事拿出来，是想告诉大家，"小说梦工场"的故事不一定都是虚构的，还可以是发生在你身边的真实故事。

桃树的约定

"罗英!"没有人答应。

"罗英!"还是没有人答应。

"罗英!"奶奶提高嗓门大声喊道。

"罗英,你上哪儿了?快给我出来!"

奶奶手里提着火钳,迅速将屋子看了一遍,然后高声喊道:"喂,罗英,你在哪里?给我滚出来。"

"没见过这么费心的孩子。"

"罗英——"

"罗英——"

奶奶又高声喊道。她掀开竹片扎成的门,在木屋后面的草垛里找了找,快速从草垛下一把揪起一个男孩的衣领。

"就知道你躲在这里。可让我好找啊!"奶奶目光狠狠地瞪着罗英好一阵子,才说:"你躲在这里干吗?你都到哪里去了?做了什么?"

"没……干吗……"罗英支支吾吾地答道。

"没干什么?没干什么衣服怎么破了?"奶奶满腔怒火,一触即发。

"我不小心摔了一跤,打到的。"罗英向奶奶撒谎的时候,脸颊红红的。

听到罗英撒谎,奶奶气不打一处来,提起火钳要往他身上打。

罗英眼瞅着瞒不过去了,大叫着说:"我说!我说!"

奶奶这才收起手里的火钳。

"卢叔的芭蕉树是我弄断的。"罗英低着头小声地说。

"好啊!你会偷东西了是不是?"奶奶一边说一边抡着火钳打

罗英，只打了两下，眼泪就从奶奶的脸颊滚落了下来。"臭小子，给我跪下，告诉你多少遍了，不能偷东西，就是不听。"

罗英也不反驳，也不向奶奶求饶，只是向奶奶做了个鬼脸，堆起了笑脸，奶奶就不忍心打他了。

说完，奶奶扔下手里的火钳，坐到草垛边啜泣起来。奶奶皱起眉头，岁月的皱纹爬满了她的脸，焦急又忧虑，使奶奶的青丝变成了白发。

"我真是没用，每次要惩罚他的时候，只要他向我说几句好听的话，我就会放过他。我是不是把他宠坏了。他之所以变成顽皮的坏孩子，都是因为我太心软了。"奶奶一边喃喃自语，一边抹着眼泪。

"再这样下去，你会成为一个大恶人的。"奶奶忍不住又对罗英责备道，"哎！我老了，管不了你了，对不起你死去的父亲。"奶奶提起罗英的父亲时，也自责起来。

"不行。你今天不许吃饭，再不长点记性，以后你就是个大恶魔。"奶奶突然变得坚定起来，"碗口那么粗的芭蕉树，眼看芭蕉就要熟了，却被你给弄倒了。你就知道躲在草垛里，要不是卢叔可怜你没有爸爸，早把你拉去帮他干活了。"

奶奶终于狠下心来，决定好好惩罚一次罗英。罗英虽然很顽皮，但是从小他就和奶奶相依为命，他也从来不忍心违抗奶奶，因为一旦他违抗奶奶，就再也没有第二个人给他温暖了。

罗英躺在床上，虽然说是床，但那只是罗英用捡来的砖块垒起来的，上面铺着一块破旧的门板，门板上垫着稻草，只要一翻身随时都会掉到"床"下。罗英的肚子咕噜咕噜直叫，他太饿了，只能眼巴巴地看着房顶的瓦片，他的"房间"根本就没有天花板。他期待着明天一早，奶奶就把他偷芭蕉的事给忘了，然后煮好早饭等他起床。但是，现在的夜晚静悄悄的，只有风在呼呼地从瓦片的空隙往房间里吹。

"罗英！"一个声音从墙外轻轻地传了进来，因为声音太小了，罗英不确定是不是自己饿晕了头。

"罗英！"这回罗英听清楚了，那好像是阿群的声音。

"罗英！"透过水泥砖墙壁留下的孔洞，罗英看见了阿群那双又大又圆的眼睛。

"阿群，这么晚了，你来干吗？"罗英从床上爬了起来，向墙上的孔洞靠过去，用非常低的声音说。

"盼盼说你被奶奶打了，我来看看你。"阿群的声音也非常低，他们怕吵醒隔壁的奶奶，那样罗英会再被骂一顿。

"没事的，我奶奶舍不得真打的。"罗英说。

"这个给你。"阿群说完把手伸进透光洞里，递进来几颗桃子，"你奶奶肯定没给你饭吃。"

"你去哪里摘的？被人发现就惨了。"罗英摸了摸桃子，这桃子又大又熟。

"不不，我才不偷呢。这是三爷爷给的，我帮他找到兔子他给我的。"阿群压着声音嗤嗤地对罗英笑了笑。

"你留着吧，你妈妈还病着呢。"罗英本来想拿桃子垫垫肚子，但想了想又从透光洞递了出去。

"是妈妈叫我拿给你的，她吃了一个，让我拿给你。"阿群没有接罗英递出来的桃子，"我先回去了，要不然妈妈要担心了。"

说完，只听见"噔"的一声，阿群从墙后面的石块上跳了下去，脚步声越来越远，很快就消失在了黑夜里。

"管他呢，先填饱肚子再说。"罗英还是决定先钻到被窝吃一个桃子。

第二天早上，奶奶果然好像得了健忘症一样，没有再责怪罗英。吃过奶奶煮的青菜粥，罗英就揣着剩下的桃子出门去了。他很快来到阿群家，阿群在火塘边劈着柴火，火塘上架着一锅水，火苗沿着锅往上蹿。

"阿群！"罗英推开门，拿出剩余的桃子放在火塘旁边的木桌上。

"你怎么又拿回来了？我妈说给你吃的。"阿群看着桌上的桃子说。

听到罗英来了，阿群的妈妈咳了几声，又喊了几下："啊——啊——啊——"。

听到妈妈的喊声，阿群放下柴刀，推开妈妈的房门，说："罗英又把桃子拿回来了。"

罗英跟在阿群的后面，来到阿群妈妈的房间。看见罗英走进来，阿群妈妈激动地用手比画着。阿群的妈妈是个哑巴，阿群说过，她妈妈以前是会说话的，后来生了一场怪病，就不会说话了。阿群的爸爸在她四岁的时候上山干活，从很高的悬崖上掉下来去世了。妈妈不会说话，只会用手比画，妈妈比画的意思，只有阿群能看懂，全村没人知道阿群妈妈说的是什么。

"我妈叫你以后不要偷芭蕉了。"阿群看了妈妈的手势后对罗英翻译道，"她叫你把桃子拿回去给奶奶吃。"

"谢谢你啦，罗英哥。"阿群又对罗英说，"昨天妈妈吃完芭蕉，知道是你偷的，她很不高兴。"

"没事的啦，大不了我去帮卢叔干活。"罗英说。

"卢叔告诉我，活就不用你干了，你以后不学坏就行。"阿群说。

罗英听完挠了挠头，嘿嘿地笑了起来。

"那我把桃子种下，以后长大了我还给卢叔。"罗英说完，从口袋里掏出一个他昨晚吃剩的桃核。

"我和你一起种，你是为了帮我才被奶奶打的。"阿群说。

"好吧，就当我们给卢叔赔罪了。"罗英一边说一边拿起一个桃子，"你也吃一个，我们种两个。"

"等会儿。"阿群说完，把火塘里烧得正旺的柴火拔了出来，在火塘灰里杵了几下，灭掉火苗，又转到内屋拿起一把锄头，才接过罗英的桃子。

他们在村口的一块空地上种下了两个桃核。

"以后我天天来给它施肥。"阿群看着新掩的土说。

"桃子不用施肥的,它自己会长出来。"罗英踢了踢脚上的泥。

"不不,施肥长得快。罗英哥,以后我们轮流来锄草施肥吧。"阿群像呵护她的猫一样蹲在桃树种子旁边说。

看着阿群对桃树充满了爱心,罗英也不忍心拒绝她。

他们一直没有间断对种子的呵护,日子也过得特别快。很快,春天就过去了,夏天也过去了,桃树种子始终没有发出芽来。

"估计是死了吧。奶奶说种子要晒过的,不晒过会烂在地里的。"罗英对阿群说。

"说不定明年就长出来呢?"阿群一直相信种子没有死。

"算了吧,我看它肯定活不了了。"罗英说。

"明年肯定发芽的。"阿群始终相信。

渐渐地,又一个春天过去了,种子始终没有发芽。贪玩的罗英早就把这个事给忘记了,只有阿群还时常去看一下,每一次她拔完杂草,都只看见地里空荡荡的,什么也没有。

这个夏天,罗英和阿群都到了上中学的年龄。他们要走路到镇上,阿群从来都不敢一个人走那段长长的榛子林,那里树木茂盛,到了黄昏就几乎看不到路了,如果路上蹿出蛇或老鼠来,她会被吓得脚都迈不开。幸好有罗英能和她一道去上学。

他们每个星期天傍晚都结伴去学校,星期五结伴回来。这个伸出手指头就能数得出有多少人的小山村,能有一个结伴上学的人已经非常幸运了。每次上学的路上都是他们最快乐的时光,榛子树的宽阔叶子铺在长满了解放草的路上,偶尔还会有松鼠从草丛边蹿出来一溜烟就爬到树上,叮咚的泉水从老树根里冒出来蜿蜒地流到山脚下。可这样的日子也很快就结束了……

"罗英,你快回家看看你奶奶!"卢叔在学校找到罗英的时候,阿群正好就在罗英身旁。

罗英的奶奶去世了,阿群没有请假回家。直到阿群回家,她发现罗英已经变了个样，他不再是那个贪玩的男孩，他变得沉默寡言，经常一个人坐在空荡荡的屋子里，除非阿群找到他，否则他很少愿意出去。

"阿群，我不读书了。"罗英对阿群说。

"那你准备去哪里？"阿群问。

"我决定和表哥去工作。"罗英坚定地说。

"但是你还小啊！"阿群其实很舍不得和罗英一起上学的日子。

"我表哥说他们已经帮我处理好了，没问题的。他还说，一个人在家也没人关照，不如跟着他们。"罗英说。

"那你还回来吗？"阿群看着罗英说。

"应该会回来吧，我也不知道。"罗英自己也不知道会跟着表哥去到哪里。

罗英收拾了一下房子，只背了一个包，因为他也没有多少东西。

"罗英！我们种的桃树长出小苗了，我刚刚才看见的。"阿群跟着罗英走了一里多路。

"那等它长出桃子的时候，我就会回来的。"罗英对阿群说。

"我会等着你，到那时我们一起摘桃子。"阿群第一次感觉到和朋友的约定如此重要，她觉得这不是一次普通的约定，这跟平时在学校和同学的约定不一样。

阿群愣在桃子满枝的桃树前，回忆起了童年的时光。那没有人摘的桃子，已经掉落在地上。直到听到哑巴妈妈"咿呀"的叫声，她才回过神来。罗英家的房子已经倒了，在一次暴雨过后……

主题二　想象"飞"起来

看完这三个同学的缤纷创意，你心动了吗？心里早有故事也想说了吧？

梦工场宝典

《农场大逃亡》《梦老人》《桃树的约定》这三个故事，分别是由四、五、六不同年级的同学构思的。他们的想象力非常丰富，小愉把自己想象成鸭子，所以她想到了鸭子被嘲笑以后会做什么事情；可可、小玉和阿焮大胆想象了一个住在花瓶里的梦老人；阿群把自己和同学的约定写成了故事。

看完梦工场同学构思的故事，你想到自己的故事了吗？如果你已经有了一个故事，可以先把故事的梗概记录下来，或者找同学、老师和家长分享一下你的故事。

如果你还没有想出自己的故事，甚至一点头绪都没有，不妨试一试老师告诉你的方法，大胆地想象，让你的想象力"飞"起来。

❶ **从人物入手：**

把自己想象成一个动物，或者植物，或其他东西，用"我"来讲这个故事。例如：

☞ 我是一只猫（或者一只狗，一只鸟，一只乌龟……）

☞ 我长得什么样？我的毛是什么颜色的？我的眼睛、爪子、胡子、叫声是什么样的？

☞ 我喜欢什么？我最爱吃什么？我最喜欢的玩具是什么？我讨厌什么？

☞ 我遇到了什么事？我被关起来了？我迷路了？我遇到了难以对付的老鼠？有一只小鸡向我求救？

你可以把这些内容想出来，编成一个完整的故事。

■ 设计一个性格鲜明的人物，可以是你认识的同学，可以是你见过的人，也可以是你想象的人物。比如：

☞ 有一个胆小的男孩（或者一个善良的女孩，一个勇敢的爸爸，公园里住着的一个行为怪异的老人……）

☞ 他长得壮还是瘦？他喜欢穿什么衣服？

☞ 他最害怕什么？遇到最害怕的东西的时候，他会做什么？

☞ 他遇到了什么事情？后来他的胆子变大了吗？

■ 你还可以想象一个有特殊能力的人（比如《假话王国历险记》里的小茉莉唱歌能震倒房子，《尼尔斯骑鹅旅行记》里的尼尔斯会变小，梦老人会画梦）。例如：

☞ 有一个听得懂鸟说话的女孩。

☞ 她生活在哪里？她爸爸妈妈在家吗？她有很多朋友，还是没有朋友？

☞ 她什么时候发现鸟听得懂自己说话的？

☞ 她遇见了哪些鸟？这些鸟和她说了什么？

■ 你还可以设计很多别的人物。

❷ **从环境入手：**

■ 找一个你很熟悉的环境。比如：

☞ 暑假的时候，你会去外婆家的小镇；或者，你去过的一片森林、一片大草原……

☞ 这个地方生活着什么人？是捕鱼的渔民吗？还是放牧的牧民？

☞ 这里的房子是什么样的？这里的路是水泥的吗？

☞ 在这个地方，发生了什么事情让你印象最深刻？

◾ 你也可以想象一个不存在的世界。（比如，地洞里住着一群霍比特人；爱丽丝掉进了兔子洞里。）

☞ 有一座城叫水晶城，水晶城的房子都是用水晶做的。水晶城里来了两个骗子，他们想把水晶城的人骗走，把水晶城据为己有……

除此之外，还有很多办法可以帮助你构思出一个故事来，以后你读的书越多，你能想到的故事就会越多。

现在，你能构思出一个故事了吗？如果你想出了一个故事，不妨自己画一条情节线先把故事的梗概写出来：

五年级的可可同学就是在情节线的指导下想出故事的。

一开始，可可想不到该写什么故事，后来，她想起自己曾经做过一个梦：可可正在晒太阳，她的对面是一个巨大的菜园，菜园门口放着一个用来驱赶鸟儿的假人，不过这个假人很特别，它是卡通的。可可一直盯着这个假人，越看它越觉得像一个土豆。忽然，这个土豆就站起来了，它的脚长得很细，走路摇摇晃晃的，一点儿也不稳。可可跟着土豆进了菜园，土豆也看见了可可，可可继续追赶土豆，忽然蹿出一个南瓜，南瓜竟然也长了脚，原来这个菜园里的茄子、黄瓜、洋葱、豌豆都长了脚，它们在开会呢……

你发现了吗？在梦工场的课堂里，同学们的想象力是无穷无尽的，她们竟然能想到水果蔬菜也能走路。只要你大胆地想，放"飞"想象力去想，你一定也能想到非常精彩的故事。

你可以先读一读可可构思的《菜园奇遇记》。

菜园奇遇记

可可坐在门前晒太阳，菜园门口的稻草人也在晒太阳。

这个菜园的主人一定有许多孩子，这不，看菜园的稻草人都被做成了卡通土豆的样子。

忽然，土豆动了一下。可可没有看错，土豆睁开眼睛了，土豆伸出了一双细小的脚，站了起来，转过身，一晃一晃地走进菜园。土豆走路的样子真是太好笑了，两条细细的腿好像马上就要被又圆又大的身体压垮一样，每走一步，土豆的身体就会上下跳跃一下，像是在艰难地跳一支直上直下的舞。

土豆会走路？这太神奇了。可可几乎不相信自己的眼睛，她跟了上去。

透过菜园的篱笆，可可看见一根根黄瓜藤、茄子杆和笔挺的蒜苗，仿佛是一片森林。可可看见了土豆，土豆也看见了她。土豆被吓得不知所措，它迈着那搞笑的步伐，左边看看，右边看看，好像在找一个地方躲起来。可可钻进菜园的门，菜园里留着一条条整齐的小道。看见可可闯了进来，土豆更加慌张了，它隔着黄瓜藤一直跑。

突然，一个南瓜也不小心从这个小森林里蹿了出来，几乎和可可撞了个大满怀。南瓜长着一双乌黑的眼睛，脚没有土豆那么长，走路却很稳。对于菜园里出现的陌生人，南瓜也被吓得不轻，它掉过头想找地方躲，一下子却不知道往哪里跑。

"有人来啦！"

不知道是谁先在菜园里喊开来，菠菜叶子下面的大蒜头和正在喝水的洋葱被吓得大喊大叫起来，只见它们东躲西藏，在叶子底下钻来钻去，惊慌失措。

"太神奇了！"可可惊叫了起来，没想到这个菜园里的果蔬都长了脚。可可想抓住一个会走路的土豆，那样她好去和大人们炫耀自己发现新物种的成就。

她转过身，往左边一个小小的斜坡走去。穿过一片辣椒林，这

67

里聚集的蔬果更多，一个萝卜站在一个废弃的水瓢上，许多西红柿、茄子、黄瓜、冬瓜、芋头围着它，好像它在主持一个会议。

"啊！人来了！"茄子最先看到可可，它大声地叫了起来。

菜园一下子像炸了锅一样，果蔬们纷纷抱头乱跑。这场面让可可大开眼界，几乎所有的果蔬都长着一双又细又小的脚。

"哇！"可可惊叹道，她觉得自己发现了一个新天地。

果蔬们被吓得四散奔走，有的钻进豌豆苗地里，有的躲到巨大的南瓜叶下，有的顺着丝瓜藤爬到菜园棚顶上，翻到另一片种满黄豆的地里了。

只有一个茄子被可可赶得无路可逃，可可张开双手拦在两边，把茄子围在篱笆的角落里。

"不要摘我！不要摘我！我不要去菜市场！"茄子向可可央求道。

"哈哈，你跑不掉了！"说完，可可的双手就像老鹰捕猎一样快速地合拢过去，可怜的茄子就这样被可可抓住了。

可可把茄子紧紧地握在手里，生怕它一挣扎就跑掉了。她仔细观察了一下茄子，这只茄子长着一双紫色的眼睛，现在它正闭着眼睛，脸部皱成了一团，它不敢看可可。一双细得只有笔芯那么大的手长在茄子上半身的两侧，两只脚从茄子身体的底部伸了出来，现在还在挣扎着。

"你是什么茄子？为什么会有脚？"可可把茄子举到眼前问。

"摘走我之前让我见见我的孩子可以吗？"茄子睁开眼睛看着可可说。

"你还有孩子？"可可好奇地问。

"当然有啊。"茄子用可怜的眼神看着可可。

可可想了一下才开口说："好吧，让你见见孩子。"

"你放我下来可以吗？"茄子向可可请求到。

"不，我带你去。"可可生怕茄子一着地撒腿就跑，她没有答应茄子的请求。

可可带着茄子钻过黄瓜架，几个站在远处的黄瓜马上拉起一面黄瓜叶遮挡住自己，地上的红薯也吓得拨来一堆土盖住自己的头。

不一会儿，可可就带着茄子来到了茄子地。

"哪个是你的孩子？"可可问茄子。

"左边第五排，第三个。"茄子很熟悉地就说出了位置。

可可带着茄子来到茄苗旁边，她还没完全蹲下来，就听见挂在茄苗上的一个小茄子哇哇地哭起来。可可仔细盯着那个哇哇大哭的小茄子，只见这个茄子和别的茄子没有任何不同，既没有眼睛，也没有嘴巴，更没有手和脚，只是在枝头上摇晃着自己的身体。

"小茄子，小茄子，不要乱动，掉下来你就会腐烂掉的。"茄子伸出它细小的手抚摸着小茄子说。

"妈妈，我不要你被摘走！"小茄子的哭声越来越凄厉。

"哇……"小茄子的哭声诱使旁边另一个小茄子也哭了起来，很快，三个，四个，很多个都哭了起来。

菜园里到处都传来了哭声。可可觉得自己做了一件非常不仁义的事情，她感到十分不安，轻轻把茄子放到了地上。

"住手！"可可听见背后有喊声，她回过头看，原来是南瓜，南瓜手里拿着一根围篱笆用的棍子，几个土豆跟在它身后。

"我不会伤害你们的。"可可向南瓜解释道，"这太神奇了，你们这些蔬菜居然会说话，像你们这么聪明的蔬菜，我们是不会把你们卖掉的。"

可可又蹲了下来，今天发生的事情太神奇了，她很想知道这是怎么回事，她开始用温柔的语气和果蔬们说话。

"人类总以为自己很聪明，他们没见过的东西总说很神奇，果蔬会说话有什么了不起的？我们一直都会说话。"站在南瓜旁边的土豆说。

"看得出来，你是一个听得进意见的人。"南瓜对可可说。

"那当然。"可可也不客气。

"我和你说吧，虽然你们觉得南瓜长了脚很奇怪，但是我们不想被拿到菜市场去展览。我们只想在菜园里生活。"南瓜已经没有刚刚的怒气了。

"让全世界都知道你们是长了脚的果蔬，这不好吗？会来很多人给你们拍照，你们会被安排在舒适的房子里。"可可说。

"我们就要菜园，我们在这儿生活很久了。"一颗小黄豆也从芋苗下面钻了出来。

"噢！"可可感叹道，"你们能告诉我为什么你们会走路吗？"

"这不奇怪，所有的果蔬都是有生命的。有的没有长出脚，它们就是一般的果蔬，我们只不过是长了脚，成熟的时候自己从枝上掉了下来而已。"南瓜给可可解释了一遍。

"我们不想让人知道这片菜园里住着会走路的果蔬。"土豆在一旁补充道。

"你不要摘走我们，你可以摘走那些不会说话的果蔬，可以吗？"原来躲在南瓜叶下的西红柿也出来了。

越来越多会走路的果蔬走了出来声援南瓜和土豆。

它们的请求是那么诚恳，以至于可可再也找不到什么理由把它们带走。

"你可以进来成为我们的朋友，但是请你不要把这个消息传出去，可以吗？"南瓜请求可可。

"对，我们欢迎你。"红薯从地里钻了出来。

"对！"

"对！"

大家都齐声说。

71

"好，我向大家保证，我一定会为大家保守这个秘密的。"可可郑重其事地对大家说。

　　在果蔬们的欢送声中，可可离开了菜园。她果然没有对任何人说起菜园的秘密，也许她是这个世界上最后一个知道茄子和南瓜会走路的人了，因为可可再也没有听见谁说过自己见过会走路的南瓜。

　　读完《菜园奇遇记》，你会发现，生活中处处都是故事，处处都是小说。只要你用心去想，一定会想到非常精彩的情节。现在，大胆地想一个故事出来吧！

主题三　奇妙素材库

读了这七位同学构思的故事，相信很多同学已经有了想法。很快，老师就会传授你们一些"秘诀"，让你们把想到的故事写出来。

创作小宝典

在动笔写作之前，我们应该养成一个良好的习惯——列提纲。提纲写得越清楚，写作的时候遇到的困难就越少，反之，困难就会越多。那么，怎么列提纲呢？

在"一人一故事"中，我们学习了填写**情节线**。很多同学也学习过用"1、2、3、4、5"或者"一、二、三、四、五"这样的数字把故事内容列出来。但是，你会发现，这样的提纲用起来一点也不顺手，因为它是一条直线。

现在，我教大家画一个更加直观的图，画一条弧线，很多成年作家在写故事的时候都在用这个方法。

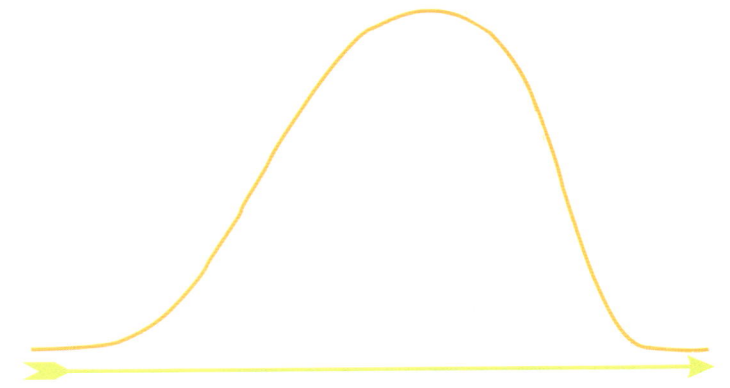

大人们把这条线称为"**叙事弧线**"，为了更好理解，我们就叫它"故事线"吧。

故事线是什么东西呢？

想象一部动画电影，任何一部，只要是你看过的（比如《功夫熊猫》《疯狂原始人》等），跟着我来想象一下：

动画片刚刚开头的时候，故事总是很普通，观众还不认识动画片里的人，人物一个一个从屏幕上出来。

过了大约 7 分钟，开始发生一件事情（比如《功夫熊猫》，阿宝听到神龙大会要开始了）。

随后，事情一件接着一件地发生（比如《功夫熊猫》，阿宝被选为神龙大侠）。

大约过了 60 分钟，故事变得紧张起来（比如残豹要回来报仇）。

到了 70 分钟左右，故事到了最精彩的时候（比如阿宝和残豹展开了决战）。

然后，故事再次变得平缓（阿宝赢了，村民们出来庆祝）。

最后，电影在几分钟之内结束了（阿宝回到了爸爸的面条店）。

整个故事，是不是像过山车一样呢？

舒缓 ➡ 上升 ➡ 激烈 ➡ 下降 ➡ 结束

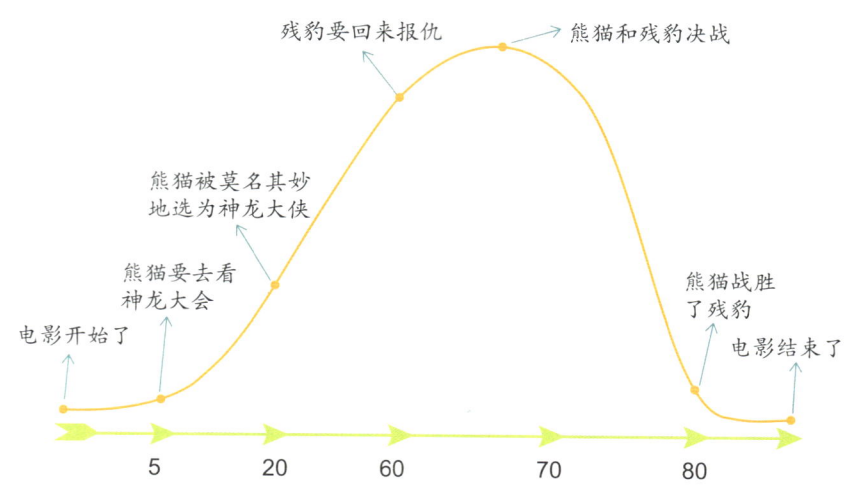

这条"故事线"就是一个故事提纲。我们可以清楚地看到,线越高,故事情节越紧张、越精彩。

我们试一试,把《梦老人》的故事情节填到这条曲线上看:

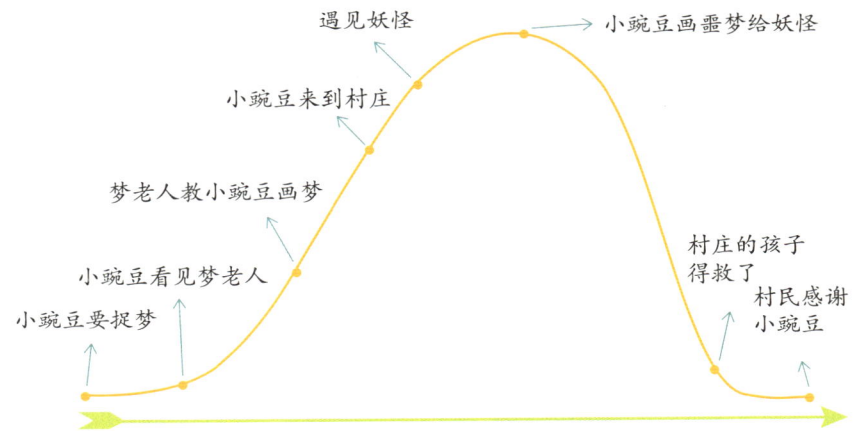

这样看是不是更加清楚呢?

现在,你可以把你想到的故事情节填到这条"故事线"上。

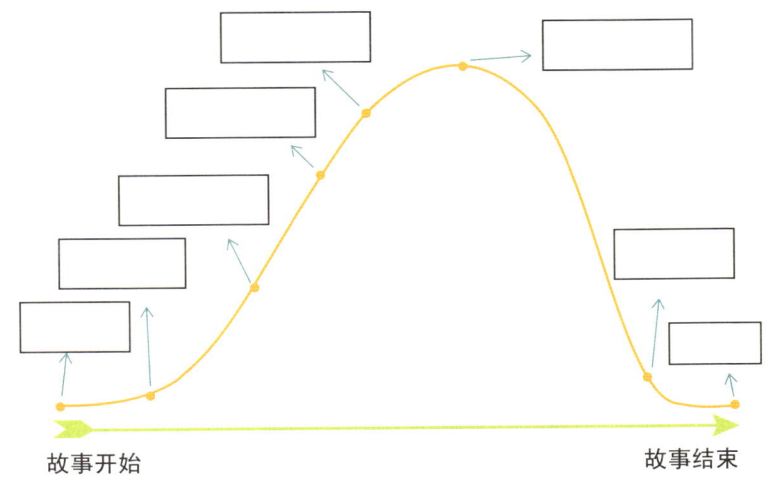

你还可以用便利贴把故事情节贴在墙上,一点一点填充故事的内容,比如:

先把开头和结尾贴在墙面的两边，在中间贴一些空白的便利贴，然后在便利贴上写上故事情节，让故事从开头顺利进展到结尾。你可以根据故事的情况多贴，也可以少贴。试一试在下面的便利贴里写出你的故事：

我的素材库

你填好故事线了吗？列好提纲了吗？

如果没有填好，或者还是不知道怎么填，也没关系，下面有很多故事素材可以给你选择，你可以选择其中一个你喜欢的，把它补充完整，然后我们马上进入写作环节（如果你已经填好故事线了，可以跳过这一篇）。

1. 有一只宠物狗，觉得舒适的生活没有趣味，它很羡慕在外面流浪的狗，想到外面去看一看。终于，它找到机会离开了主人，独自在外面流浪。它遇到了一伙凶悍的流浪狗，那些狗欺负它，抢它的食物。宠物狗又冷又饿，它遇到一只友好的猫。猫教它捕猎，教它奔跑，教它战斗。最后，宠物狗终于变成一只独立、坚强的狗。（这是一个讲述勇敢和成长的故事）

2. 有一对姐妹，她们要去外婆家。在路上，她们遇见了吃人的螳螂婆婆。她们爬到树上去，螳螂婆婆还是看见了她们。姐妹俩灵机一动，说要帮螳螂婆婆梳头，爱美的螳螂婆婆很高兴。姐妹俩悄悄把螳螂婆婆的头发绑到树上。姐妹俩下了树，准备逃跑。螳螂婆婆从树上跳下来，头皮都掉了。螳螂婆婆追不上姐妹俩，她遇见挑石灰的大叔，大叔很讨厌吃人的螳螂婆婆，决定惩罚一下她。他骗螳螂婆婆说把石灰放在伤口上可以治伤，但是要等他走远了才有用。大叔走后，螳螂婆婆把石灰放到受伤的头上，痛得她哇哇直叫……（这是一个关于聪明和机智的故事）

3.《螳螂侠》：小螳螂一直有一个英雄梦，它想成为人人尊敬的大英雄。小螳螂试过很多办法让自己变得强壮起来，它到处去学习武术，找狗熊学习健身，找老鹰学习飞翔，但都没有获得成功。在被一只野鸡打败，差点成为野鸡的午餐之后，小螳螂气馁了，它认为自己就是一只普通的螳螂，永远不可能成为英雄，它打算在一堆干草中度过余生，却无意中被搬到一艘船上。小螳螂在船上认识了老乌龟，老乌龟告诉小螳螂，英雄不一定是惊天动地的，英雄也不一定武功盖世，只要坚持做好自己就够了。这艘船在大海中遇到了快速袭来的风暴，船帆在下降的时候遇到了问题，只有砍断帆绳才能救活船上的人。一个英雄的水手爬上桅杆，他砍了一刀帆绳，没有砍断，自己却被风暴吹了下来。看着船被吹得几乎倾倒，所有人都感到特别绝望。小螳螂英勇地站了出来，它用手上自带的"锯子"锯掉了帆绳……从此，所有人都把小螳螂当成是一只英勇的螳螂大侠。

4.《熊猫王》：熊猫圆圆生活在无忧无虑的熊猫公园里。在熊猫公园里，圆圆过得非常惬意，他不用担心吃喝问题，每天会定时有人给他送上鲜美的竹子，也从来没有哪个动物会欺负它。由于熊猫公园要修整，圆圆被迫要转移到远方。圆圆被送上一艘船，这艘船在经过峡谷的时候出了意外。圆圆掉落到奔腾的河流中，好不容易爬上了岸，却不得不面对一片十分陌生的森林。在这片森林里，熊猫要学会应对老虎，学会寻找食物，还要面对没有朋友的孤独，他要找到自己的朋友。

5. 奇幻森林里住着各种各样的动物。有一天，动物们发现森林里的河水变少了，谁也不知道是为什么。更可怕的是，河水在一天一天变少，渐渐干涸下去。森林里变得一团糟，树木枯萎了，动物们经常为水坑里的脏水大打出手。穿山甲到处挖井，终于挖出一眼井水，消息很快就传遍了森林，所有动物都跑来喝水。但这口井实在是太小了，根本就挤不下那么多动物一起喝水，动物们又为井水打了起来。凶猛的老虎一家吓跑了所有的动物，独自霸占了井水。干渴得难受的野牛家族向老虎一家发起了挑战。激烈的战斗破坏了兔子洞、松鼠窝、喜鹊巢等很多动物的家园。智慧的乌龟骑在大象身上出现了，它要来调停动物们的战争。乌龟给出了一个大家都接受的方案：修建一个蓄水库。在所有动物的共同努力下，水库建成了，森林里又有了水的滋润，树木重新茂盛起来。

除此之外，还有很多精彩的故事，注意把它们收集起来，你的素材库里的故事会越来越丰富。你也可以让爷爷奶奶或外公外婆说给你听，把它们记下来。你还可以去书里找来一些精彩的短篇故事，但是注意不要抄袭别人的故事。把它们整理成你的素材库，以后随时都可以学习。

创作篇 技法万花筒

　　大人们的想象力比我们孩子差远了,他们不相信地下住着红鼻子老头,也不相信彩虹可以通向天宫……

　　梦工场的同学和你一样,每个人心中都有一个奇妙的故事。他们非常乐意把自己的故事分享给大家。

　　其实,讲故事一点都不难。我告诉他们:"只要照着一些简单的方法去做,就能把心中的故事写出来。以后,哪怕遇到再难写的作文,也不会害怕了。"

☁ 主题一　慧眼小星探：角色创建
☁ 主题二　给对话施魔法：语言描写
▪ 蝴蝶与蜘蛛的好朋友之旅
☁ 主题三　捕捉动感瞬间：动作描写
▪ 阁楼上的小人
☁ 主题四　人物化妆镜：外貌描写
▪ 魔法小兔
☁ 主题五　探看秘密花园：心理描写
▪ 草蚂蚱
☁ 主题六　漫游奇幻王国：环境描写
▪ 糖果公主历险记

主题一　慧眼小星探：角色创建

小同学，恭喜你！你已经来到梦工场的第三篇啦！

在前面两篇中，我们认识了**小说**，还分享了梦工场课堂的同学构思的**一人一故事**，你也有了自己的故事，还画出了"**故事线**"。

这一篇，我们开始进入写作阶段，把你的故事写出来，让更多的孩子着迷，把他们变成你的读者。

在写作之前，再和大家说一个注意事项。

写长篇故事是一件很辛苦的事情，平时我们的作文只要写400字，长篇故事可能要写4000字，甚至8000字，或者更多。写的时候会遇到很多困难，大家要做好心理准备。

梦工场的同学是怎么克服这些困难的呢？

我告诉他们的**秘诀**是——"**不要着急**"。梦工场的同学用了一个学期的时间才把故事写完，他们反反复复地写，有时候写错了删掉再改，有时候觉得写得不好，就找老师讨论一下。写不出来的时候，他们就先把笔放下，出去运动，去玩，去看书，有了新的想法再回来拿起笔继续写。

写故事的秘诀就是——不要着急。

故事总会写出来的，只要你相信自己，坚持下去。

当你写不出来时，感觉脑袋空空的时候，就去看个电影，或者读本书；也可以找老师、找爸爸妈妈商量一下该怎么办。你有足够的时间写你的故事，一个星期写不完，就两个星期，两个星期写不完，就一个月、两个月……

我会在这一篇里教给你一些非常简单、实用的技巧，帮助你克服写作的难题，学会这些技巧，你就能写出一个精彩的故事了。

这几种技巧分别是：

角色创建的技巧；

语言描写的技巧；

动作描写的技巧；

外貌描写的技巧；

心理描写的技巧；

环境描写的技巧。

这些技巧非常简单，相信你一定能学会！

让我们开始动笔吧，把你的故事写出来。

可是从哪里开始呢？

在动笔之前，我希望你能想清楚三个问题：

- 主人公是**谁**？
- 主人公想**做什么**？
- 主人公**遇到了什么**困难？

你要写的人（或者动物）是谁？接下来，我们看看怎么让你的主人公变得生动、丰满。

> **角色创建**

作家在开始写故事之前会做一件事情——把主人公的身世想清楚。

现在，开始创建你的主人公，你要完成下面这五件事情：

❶ 给主人公起名字

如果主人公是男孩，就起一个男孩的名字，是女孩就起一个女孩的名字，也可以给他起一个外号。如果是动物，也一样给它取一个名字。

名字取得好听好记很重要，如果想不到好听的名字，可以找同学商量一下。

另外，故事里的其他人，最好也先起好名字。如果你的故事里有坏人，可以把他的名字叫得邪恶一点。比如，有的同学在她的故事里给坏人起了一个名字，叫"圆极极"；《绿野仙踪》里，森林中有一种力气很大的怪兽叫"开力大"；你也可以把一个女巫叫作"螳螂婆婆"，或者"细脚皇后""秃头怪"等。

❷ 确定主人公的年龄

主人公是8岁？10岁？还是12岁？不同年龄的主人公做事是不一样的，你要确定一下你的主人公有多少岁。

如果他只有6岁，他就搬不动大桌子。如果他12岁，他就读六年级了，他不会喜欢儿歌。

❸ 想好主人公的外表

外表太重要了，关系到你讲的故事精不精彩。

你的主人公有多高？他很胖还是很瘦？他很强壮还是弱不禁风？他是不是长着一个长长的鼻子？她喜欢穿裙子吗？

如果你的主人公是一只猫，它是白猫还是黑猫？是胖猫还是瘦猫？

你可以在一张纸上用铅笔画一下你的主人公。

❹ 说一说主人公的亲人和朋友

每个人在世界上都会有亲人和朋友，亲人和朋友对主人公的性格影响很大。你可以像下面这张表一样画一下：

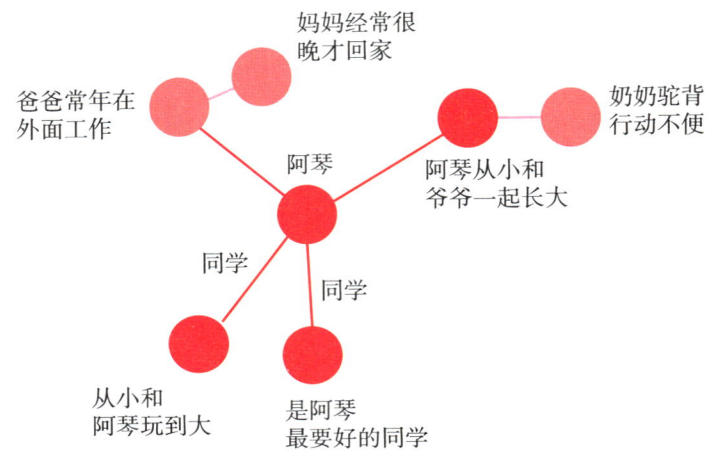

这是《我的爷爷是柳树》中阿琴的关系图。阿琴的爸爸在外面工作，妈妈经常照顾不到她，她从小就很依赖爷爷。

你可以在草稿纸上画一张这样的图，把主人公身边的人都列出来：

写出他们的职业（爸爸是老师？医生？农民？卡车司机？）；

是否还在世？

他和主人公的关系怎么样（对主人公很好？很凶？还是不管不问？）；

他的同学、朋友中，谁和他最好？谁和他有冲突？

写得越详细，对你后面的故事越有好处。

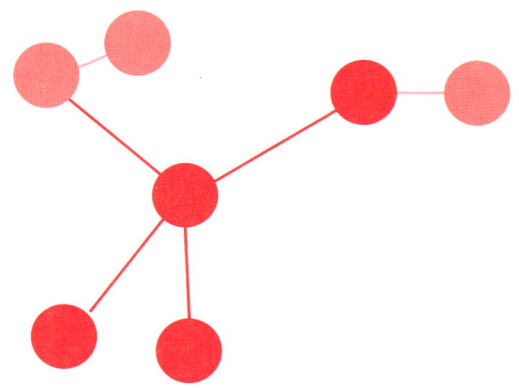

❺ 主人公的性格

把前面的事情都确定后,你可以概括一下主人公的性格了。

他很顽皮?还是很乖?

他很勇敢?还是很胆小?

他做事很快?还是慢吞吞的?

他很仔细?还是很马虎?

他很坚强?还是很爱哭?

他很懒?还是很勤奋?

最重要的是:

每个人都有**优点**和**缺点**,这个世界上没有什么人是只有优点没有缺点的,也没有什么人是只有缺点没有优点的。

给你的主人公定优点的时候,也要定一些缺点;

给他定缺点的时候,也要定一些优点。

所以,有必要写一份性格说明:

《鸭子大逃亡》里的主人公小黄鸭:

缺点:对自己的外表很没信心,总是羡慕别人长得比自己好看。

喜欢捉弄人，爱把小事记在心上。

优点：很机灵，能想出很多办法，有时候也很友善，愿意帮助别人。

如果你的主人公没有优点，大家都不会喜欢他，所以，你一定要帮你的主人公找到他身上的优点。

完成上面这五件事后，你可以写一个**角色说明卡**：

- 故事的主人公叫_____，他今年_____岁，他是一个（一只，一头……）_____。
- 他的外表：_____

- 他的家庭：
爸爸是一名_____，爸爸对他_____。妈妈是一名_____，妈妈对他_____。

他有一个_____。
还有一个_____。

- 他的朋友_____和他最好。
- 他的性格：_____
优点：_____
缺点：_____

给你的主人公画个像吧！

欲望和困难

现在，你已经把主人公设计出来了，他活生生地站在了我们面前。我们要把他带到故事里来，开始我们的故事。

每一个故事，都是因为主人公想去做一件事情（**欲望**），却遇到了很多**困难**。

阿琴想回家（**欲望**），却不敢穿过树林（**困难**）；

仓鼠想自由自在（**欲望**），却被关在笼子里（**困难**）；

蝶喜欢唱歌（**欲望**），但每唱一次她就会老一岁（**困难**）；

小豌豆想捉住梦（**欲望**），却总是捉不住（**困难**）。

他们想办法克服困难的时候，就开始行动，这时候，故事就开始了。这就是故事（小说）的写法：

主人公想做一件事 ➡ 他遇到了困难 ➡ 他行动起来 ➡ 克服困难 ➡ 新的困难出现 ➡ 再次克服 ➡ 主人公达到（或者没达到）目的

你的故事里，主人公想要什么？

这是最重要的事情，你要知道你的主人公想做什么，然后给他设置一些困难，你的故事就可以开始了。

一只鸭子想长出漂亮的羽毛？

一只公鸡发现自己的嗓子坏了？

写好开头

现在，拿出你的写作本吧，我们要动笔写了。

怎么写好故事的开头？主人公该怎么出场？下面几种写法你可以参考一下：

❶ **故事开头时，主人公正在做一件事情**。比如：

可可坐在门前晒太阳，菜园门口的稻草人也在晒太阳。（主人公出来的时候就在做事情）

你还可以这样写：

小雪提着一个篮子正要出门去。

或者：

男孩骑着一匹棕色的马飞快地跑向城堡。

又或者：

小花猫正在用舌头舔着一只红色的袋子。

总之，让主人公一出场就在干一件事，故事就从这件事开始写下去。这是第一种方法。

❷ **故事开头时，主人公心里正在想事情**。比如：

小黄鸭觉得很不开心。尽管平时大家都看见它嘎嘎

叫得很快乐，但是一回到窝里它就会想：我不喜欢自己的嘴巴，因为它又扁又长，吃东西的时候很不方便。

或者：

人为什么会做梦呢？这个问题一直困扰着小豌豆。小豌豆决定做一个捉梦的装置，把梦抓住好好研究。

你也可以这样开头：

想到今年又不能见到妈妈，阿明感到特别孤单。

总之，主人公一出来，就写出他的心事，有一件事困扰着他，为了解决这个问题，他开始行动，故事也就开始了。

❸ **故事开头时，有人在和主人公说话**。比如：

"小丝儿，快点，乌云来了。"妈妈对小丝儿说。

你也可以这样开头：

"姐姐，等等我，我去喝口水。"

总之，人物出来的时候就在说话，顺着人物的对话，故事就可以发展下去了。

❹ **先写主人公生活的环境**。比如：

地洞里住着一群霍比特人。（托尔金：《霍比特人》）

或者这样写：

在很久以前，有两个村子，两条大路，一条往左，另一条往右。通往村子的路上有很多五彩石照耀着昏暗的小路。春天来的时候，路的两旁就开满了梨花、海棠花、桃花、栀子花、杏花、映山红。（《唱歌的放羊姑娘》）

你也可以先从天气和风景写起：

  在白雪皑皑的冬天，松鼠们都躲到了树洞里。

总之，先把故事发生在什么地方写出来，接下去再让主人公出来。

❺ **先把主人公介绍一遍**。比如：

  我现在才3岁，但在仓鼠家族中，我的个头已经长得足够大了。窗外的墙缝里住的那两只老鼠，毛又灰皮又厚，比起我雪白的毛来，真是丑死了。我知道很多人很讨厌老鼠，但那些最讨厌老鼠的人也不得不羡慕我们仓鼠有一身好毛。

或者可以这样开头：

  小虎头是个马虎鬼，他做事总是马马虎虎的，所以大家都叫他小虎头。

先把主人公的特点介绍清楚，再选择一件事开始展开故事。

除此之外，还有很多种故事开头的写法，现在，大家刚刚开始学习写故事，我们就暂时先介绍这五种，以后你们会学习到更多方法。如果你不喜欢这五种开头方法，可以找几本小说的开头来读一下，学习它们的开头。

再来总结一下我说的五种开头的办法：

1. 故事开头时，主人公正在做一件事；

2. 故事开头时，主人公心里正在想事情；

3. 故事开头时，有人正在和主人公说话；

4. 先写主人公生活的环境；

5. 先把主人公介绍一遍。

现在，在作文本上写下你的故事开头吧。

主题二　给对话施魔法：语言描写

从这一篇开始，将介绍一些最简单的写作技巧。学完这些技巧你还不能成为一个优秀的作家（因为成为优秀的作家还有很多东西要学习），但是对我们中小学生来说，这些技巧已经够用了，能够把下面这些技巧研究透，你就具备了成为作家最基本的能力。

很多同学觉得作文难写，其实是因为你平时忽略了下面这些细节。

写好一个**小说**，或者讲好一个故事，交代好一件事情，最重要的是掌握**语言描写**、**动作描写**、**外貌描写**、**心理描写**和**环境描写**。

语言描写就是指小说里人和人的对话；

动作描写就是指小说里人物做出的动作，或是走路，或是吃饭、睡觉、打架，等等；

外貌描写就是指人物的长相、穿衣、表情等；

心理描写就是指人物心里在想的事情；

环境描写就是指事情发生在什么地方，这个地方是什么样的。

仔细想一下前面几个故事，是不是都是这样的呢？无论故事怎么变化，你都能从里面找到对话、动作、外貌、心理和环境这五样描写。

请你记住这五个词：**语言描写**、**动作描写**、**外貌描写**、**心理描写**、**环境描写**。接下来，我们主要学习这五样描写的技巧。学会了这五样描写，你写的故事就非常生动了。

下面这篇《蝴蝶和蜘蛛的好朋友之旅》是五年级的小愉想出来的故事。在我们的写作课上，小愉是最晚想出故事来的。别的同学都早已经想好故事，开始动笔写了，小愉还迟迟没有想出来。老师并没有催她，而是让她回家慢慢地想。终于，在一个下雨天，她观察到了一只蜘蛛，还有一只蝴蝶，她就想到了这个故事。回到学校以后，她和老师说了这个故事，老师帮助她一起把故事的情节完善了：

　　一场暴雨过后，蝴蝶掉落在岩石上，小蜘蛛救了蝴蝶，小蜘蛛一直想为什么蜘蛛要吃别的动物，对别的动物来说太残忍了，所以小蜘蛛没有吃蝴蝶。蝴蝶和蜘蛛成为好朋友。蝴蝶带着蜘蛛到丛林里找花粉吃，但小蜘蛛怎么也吃不到花粉。小蜘蛛回到家里，看见蜘蛛妈妈正在被人追赶。蜘蛛妈妈告诉小蜘蛛，有人说蜘蛛是益虫，有人说蜘蛛是害虫，不要管别人怎么说，做好自己，做一只最好的蜘蛛就好了。

　　你可以读一读这个故事，读的时候注意看蜘蛛和蝴蝶的对话。

给对话施魔法

蝴蝶和蜘蛛的好朋友之旅

"小丝儿，快点，乌云来了，一会儿要下暴雨了。你必须在暴雨来临之前回到树洞里来。"蜘蛛妈妈对小丝儿说。

小丝儿才刚刚开始学习织网，他艰难地把一根蛛丝从树丫拉到树干上，正顺着拉好的蛛丝往上爬，准备从上面再拉一根蛛丝连到现在的蛛丝上。

"轰隆隆——"雷声越来越近了，风也越来越大，树枝被吹得摇摇摆摆的，小丝儿走在蛛丝上也摇摇晃晃的。

"风太大了，快回来，小丝儿！"蜘蛛妈妈看了看天，又对小丝儿喊道。

小丝儿沿着蛛丝晃晃荡荡地爬了下来，看着小丝儿安全回到树干上，蜘蛛妈妈悬着的心才放松了下来。小丝儿顺着树干往下爬，在树干中部，有一个不大不小的洞口，从洞口钻进去，就是他们的家了。当初为了找一个树洞，蜘蛛妈妈可费了不少劲。能作为蜘蛛的家的洞口一定不能太大，免得鸟可以探头进来把他们给啄走，树洞里面还要足够宽敞，住着才舒适。

"小丝儿，你必须快点学会织网。"蜘蛛妈妈一边说一边搬出一只苍蝇来，这是蜘蛛妈妈两天前抓到的猎物，这只可怜的苍蝇撞到蜘蛛妈妈的巨网上，挣扎了一下后就被蜘蛛妈妈用蛛丝裹得严严实实的，蜘蛛妈妈用尖尖的嘴扎进苍蝇身体里，往里面吐了点唾液，现在，苍蝇的身体已经被蜘蛛妈妈的唾液融化成了美味的肉汁。

"我们为什么要吃苍蝇和蚊子呢？"小丝儿不解地问蜘蛛妈妈，"他们好可怜啊！这只苍蝇只是想到树叶下游玩一会儿，就被我们捉到了。"

"我们要活下去，我们要吃饭！"蜘蛛妈妈把苍蝇端到"桌子"上，说是桌子，其实是树洞里本来就有的一块平坦的地方，"妈妈老了，你要尽快学会织网。"

"我们用网来捉别的动物吃，是不是太残忍了？"小丝儿还是

疑惑地问。

蜘蛛妈妈没有回答，她把嘴上的"吸管"扎到苍蝇的肚子里，吸了一口，才说："这就是我们的食物。吃一口吧，这只苍蝇很肥。"

小丝儿的肚子已经饿得咕咕直叫，尽管他一直在想蜘蛛吃苍蝇到底是不是一件残忍的事情，但此时已经顾不了那么多，他也学着蜘蛛妈妈的动作吸了一口。

这个问题困扰小丝儿很久了，他从小看着蜘蛛妈妈捕猎长大。每次妈妈出去捕猎之前，都会叫他趴在洞口观察，蜘蛛妈妈说要早点教会他织网。小丝儿觉得，其实那些嗡嗡飞来飞去的蚊子也挺可怜的，蜘蛛妈妈趴在蜘蛛网中央一动不动的时候，蚊子总会不知不觉地撞到网上去，然后成为他们的晚餐。

有的时候，蜘蛛妈妈会抓到更大的猎物，比如蜻蜓。小丝儿就见过一只非常漂亮的红蜻蜓，长着一双透明的翅膀，尾巴和身体都殷红殷红的，两只大大的眼珠长在头顶上，他在黄昏的时候和一群伙伴成群结队地飞到树荫里游玩，一不小心就撞到了蜘蛛妈妈的网上。当蜘蛛妈妈高兴地大喊"小丝儿，快来看啊，妈妈抓到一只好大的蜻蜓"的时候，小丝儿感到有点难过，他反倒希望晚餐不要吃这只美丽的蜻蜓。

"小丝儿，我去睡会儿，外面正在下大雨，你可以在洞口看看雨中的风景，但哪儿都不要去。"蜘蛛妈妈吃完苍蝇对小丝儿说。

"知道啦。"小丝儿说完就向洞口爬去，他今年刚刚出生，还没见过这么大的雨。

小丝儿趴在洞口，外面下着瓢泼大雨，雨点像豆子一样大，砸在树叶上，树叶纷纷摇曳着，再往远处看，几乎什么都看不见，只能看见一片灰蒙蒙的雨水。

"飞飞呢？"

忽然一个声音从树干的上方传来，小丝儿顺着声音望去，只见一片巨大的树叶下趴着几只蝴蝶，树叶被风吹得东倒西歪，蝴蝶们只能勉强抓住树叶的筋。

"她不是跟在你后面吗？"其中一只蓝色的蝴蝶说。

"我说让你看好她的！"另一只白色的蝴蝶说。

"怎么办？要去找吗？"蓝色蝴蝶带着担忧说。

"这么大的雨，怎么去啊？"白蝴蝶紧紧地握住树叶，生怕掉下来。

随后，所有的蝴蝶都不说话了，大概是因为其中一只蝴蝶不见了，而外面又下着大雨，他们也不知道该怎么办。

雨还是哗哗地下个不停，蝴蝶们再也没有说过话。小丝儿看着自己拉在树丫上的蛛丝，他感到奇怪，这么细的蛛丝为什么不会被大雨淋断呢？忽然，小丝儿在雨中隐隐约约看见一只掉在地上的蝴蝶，那只紫色的蝴蝶好像昏迷了，任凭雨水淋在身上也一动不动。

"喂！我看见一只蝴蝶，那是飞飞吗？"小丝儿对着树叶下的蝴蝶喊道。

"蜘蛛！"一只粉色的小蝴蝶惊叫到。

"这里有蜘蛛！"另一只也跟着喊了起来。

"不要害怕，等一下大家看清楚不要撞到蜘蛛网上。现在在下雨，他不会出来的。"领头的蝴蝶安慰着那些受惊吓的小蝴蝶。

"地上好像有一只蝴蝶，你们不打算去救她吗？"小丝儿还是很友好地对蝴蝶说。

"蜘蛛不会安好心的，大家别信他。"白蝴蝶说道。

没有人理会的小丝儿感到很失落，他不知道蝴蝶为什么都不回答他的话。但小丝儿却十分关心掉在地上的紫色蝴蝶，因为雨越来越大了。

小丝儿决定冒着雨去救这只蝴蝶，他爬出了树洞，沿着湿漉漉的树干向下爬。紫色蝴蝶就掉在离树不远的地方。小丝儿观察了一下四周，只有树根处的一片树叶下还没被雨淋到。小丝儿冒着大雨慢慢爬到紫色蝴蝶身边，用一根蛛丝缠绕在蝴蝶身上，再拖着蛛丝爬回到树叶下，他使出了浑身的力气把蝴蝶一点点拉了过来，紫色

蝴蝶终于没有再被大雨冲刷。

小丝儿一直守护在蝴蝶身旁,他不知道用什么办法唤醒她。

雨渐渐停了,天空中挂起了彩虹,树叶上偶尔会滴落几滴雨水,但空气已经变得格外清新。小丝儿抬头看的时候,那几只在树叶下躲雨的蝴蝶早就飞走了。小丝儿摇了摇紫色蝴蝶,翅膀慢慢干了的蝴蝶真的苏醒过来了。

"蜘蛛!"蝴蝶醒来的第一句话就充满恐惧。

"你叫飞飞?"为了不让蝴蝶害怕,小丝儿尽量让自己说话的语气温柔一些。

"你怎么知道我的名字?"飞飞问道。

"你的朋友告诉我的。"小丝儿轻声说。

"你把他们都吃了吗?"飞飞看了看周围,没有看到自己的朋友,感到更害怕了。

"不不不,我不想吃任何昆虫,我也不知道为什么我们蜘蛛一定要吃昆虫,我妈妈也没告诉我。像蝴蝶这么美丽的动物,为什么要被吃掉呢?"小丝儿友善地向飞飞解释。

"你真的没吃他们?"飞飞的害怕并没有消除。

"没有,绝对没有,他们已经飞走了。"小丝儿尽量让自己看起来不那么凶狠地说。

飞飞开始变得没那么害怕,她慢慢站起来说:"你真是一只好蜘蛛?"

"我想做一只好蜘蛛。"小丝儿想了想,继续说,"可是我不知道怎么做一只好蜘蛛,妈妈总让我学织网来捕猎。"

"是你救的我吧?"飞飞这才意识到,自己不可能飞到一个这么安全的地方来。

"算是吧。"小丝儿为自己做了一件好事而感到开心。

"那为了谢谢你,我教你吸花粉吧!花粉很甜,又不伤害别的

97

动物，这样你就能做一只好蜘蛛了。"飞飞知道是小丝儿救了自己，就不再感到害怕，相反，她还慢慢喜欢上这个新朋友，在蝴蝶眼里是凶神恶煞的朋友。

"你说的是真的？花粉也能吃饱？"小丝儿好像发现了什么新天地一样高兴地手舞足蹈起来。

"当然了，我们蝴蝶都是这样生活的。"飞飞说，"现在我就带你去。"

"不行，等会儿妈妈起来找不到我怎么办？"小丝儿说。

"你可以叫上她一起去。"飞飞看着这个新朋友说。

"不！不！不！"小丝儿连忙摇手，"她会吃了你的。"

"你这么善良的蜘蛛，妈妈怎么那么可怕？"飞飞有点害怕。

"你还是先带我去吧，我学会了找花粉，再回来告诉妈妈。"小丝儿说。

于是，飞飞在前方带路，小丝儿在地上爬，紧跟着飞飞。他们先来到一片菜花丛中。飞飞站在菜花上，用嘴吸吮着花粉，脚上也沾满了黄色的花粉，"你可以把花粉带回家。"飞飞一边吸吮一边教小丝儿。

小丝儿爬到菜花上，他用尖尖的吸管吸了一口花粉，尽管他尝到了花粉的甜味，但因为嘴巴的形状，根本无法把花粉吸起来。他学着飞飞的动作，可花粉无论如何都粘不到他脚上。

"难道我只能做坏蜘蛛吗？"小丝儿沮丧地说，"连吸花粉这么容易的事我都学不会。"

"不要气馁。"飞飞安慰道，"你一定能学会的。"

"我不想大家见到我都害怕。"小丝儿说。

小丝儿跟着飞飞找了很多花，他越来越饿，因为他根本吸不到花粉。

"飞飞，我只能回去了，我想我做不了好蜘蛛了。谢谢你教我

98

吸花粉，虽然我没学会。"小丝儿已经很饿了。

"你救了我，你在我心里就已经是一只好蜘蛛了。"飞飞还是继续安慰小丝儿，"那我明天再来找你。"

小丝儿和飞飞道了别。

小丝儿沿着树干向上爬，想到回到家里就有吃的，他还是很开心。

忽然，小丝儿听到妈妈从树上传来的喊声："小丝儿！快躲起来！快啊！"

妈妈的声音是那么恐惧，只见一个男孩拿着一根棍子正在捣烂蜘蛛妈妈织的网。男孩先打断了蜘蛛网的一边，断掉的蛛丝随着微风飘在半空中。网的另一边悬挂在树枝上，眼看整个蜘蛛网马上就要掉下来了。蜘蛛妈妈沿着悬在半空中的蛛丝飞快地向上爬，一边爬还一边喊："小丝儿，快躲起来，躲到树洞里。"

就在蜘蛛妈妈快爬到树枝上的时候，男孩的棍子又飞快地打过来，整个蜘蛛网全都被撕烂了，如果蜘蛛妈妈跑得慢一点点的话，准会从高高的树上掉下来。男孩继续追打着蜘蛛妈妈，只见他一棍抡去，差点打在蜘蛛妈妈的身上，幸好蜘蛛妈妈身手敏捷，转到了树枝上方。

"小丝儿！快跑！"蜘蛛妈妈爬到了男孩打不到的地方继续喊。

这时候，男孩也看见了小丝儿，他抡起棍子便向小丝儿打来，小丝儿飞快地爬向树洞。

"加油！快！小丝儿！"蜘蛛妈妈一边喊一边爬了下来，她想来救小丝儿。

就在男孩的棍子将要打在小丝儿身上的时候，小丝儿敏捷地钻进了树洞里。男孩并没有放弃，他把棍子的一端指向洞口，想要捣毁蜘蛛妈妈造的家。小丝儿躲在洞里瑟瑟发抖。

"小丝儿！你还好吗？"小丝儿在洞里听得很清楚，这是妈妈的声音，妈妈正向自己爬过来。

"妈妈，我很好，你不要下来，你往上爬。"小丝儿也担心妈妈的安危。

为了转移男孩的注意，蜘蛛妈妈从树枝上爬了下来，她对男孩喊道："嘿！小伙子，来啊，这里有一只更大的蜘蛛！"

"妈妈你快上树顶去！"看见捅到洞口的棍子撤走了，小丝儿知道男孩肯定是拿棍子打蜘蛛妈妈去了。小丝儿急忙爬出洞口，也大声喊道："我在这儿呢！"

"快回去！"看见小丝儿探出头来，蜘蛛妈妈焦急地喊。就在蜘蛛妈妈喊话的时候，她没注意到男孩的棍子已经向她抡来。这一次，男孩的棍子瞄得很准，小丝儿把一切都看在眼里，他知道，男孩这一棍子下去，妈妈一定会被打到，他吓得闭上了眼睛。

可是过了许久，他也没听到棍子打在树干上的声音。小丝儿战战兢兢地睁开眼睛，只见蜘蛛妈妈安全地趴在树干上。而树下多了一个女孩，是这个女孩阻止了男孩。

"蜘蛛！为什么不让我消灭蜘蛛？"男孩对女孩说。

"蜘蛛并不坏，为什么要消灭它们呢？"女孩说。

"书上说蜘蛛有毒，它咬到人皮肤会烂掉。"男孩说。

"可书上也说，蜘蛛帮我们消灭了蚊子和苍蝇啊！"女孩和男孩辩论着。

"不行，我要消灭它们。"男孩坚持要打蜘蛛妈妈。

"不，不，不，我们去找人评评理。"女孩也坚持说。

就在男孩和女孩辩论的时候，蜘蛛妈妈飞快地爬回了洞里，看见小丝儿毫发无伤，她才感到些许安慰。蜘蛛妈妈带着小丝儿躲到了树洞的最上方。

男孩和女孩的争吵声渐渐远去了。

"我们必须换个地方住了，小丝儿。"蜘蛛妈妈先到洞口探了探。

"妈妈，为什么有的人喜欢我们，有的人却讨厌我们呢？"小

丝儿简单收拾着自己的东西，疑惑地问蜘蛛妈妈。

"一个人总不会让所有人都喜欢，也不会让所有人都讨厌。有的人觉得我们是好蜘蛛，因为我们帮大家消灭了蚊子；有的人却不喜欢我们，比如蜻蜓，和刚刚那个男孩。"蜘蛛妈妈也收拾了一下自己的东西。

"那我能让所有人都喜欢我吗？"小丝儿继续问。

"这很难。蚊子咬人，我们吃蚊子，鸟吃我们，这总是不可避免的。"蜘蛛妈妈看着小丝儿说，"你只要记住，吃蚊子是我们天生的本能，我们要活下去，就要吃东西，我们并没有错。喜欢我们，或讨厌我们，他们都有自己的道理，我们只要做一只合格的蜘蛛，会织网，会捕猎，就好了！"

给对话施魔法

读完《蜘蛛和蝴蝶的好朋友之旅》，你有什么感觉？

下面我们就进入**语言描写**的学习，看看怎么写好人和人的对话。

很多同学在写作文的时候都没有注意到一个细节，这个细节就是我们的**技巧一**。

▎技巧一　分段▎

读一读下面这两段话：

段落1

　　"她不是跟在你后面吗？"其中一只蓝色的蝴蝶说。"我说让你看好她的！"另一只白色的蝴蝶说。"怎么办？要去找吗？"蓝色蝴蝶带着担忧说。"这么大的雨，怎么去啊？"白蝴蝶紧紧地握住树叶，生怕掉下来。

段落2

　　"她不是跟在你后面吗？"其中一只蓝色的蝴蝶说。

　　"我说让你看好她的！"另一只白色的蝴蝶说。

　　"怎么办？要去找吗？"蓝色蝴蝶带着担忧说。

　　"这么大的雨，怎么去啊？"白蝴蝶紧紧地握住树叶，生怕掉下来。

你读完有什么感觉？

段落1的对话都放在一段话里，看上去有些杂乱。**段落2**的对话，说一句就换一段，看起来很整齐，一眼就能看出哪句话是谁说的。

我们要说的第一个技巧就是：**写对话的时候，写完一句，分一段**。

千万不要小看这个简单的技巧，你的作文用了它和不用它，差别非常大，这个技巧不止让你的作文看起来很整齐，你在写作的过程中，还会有很多空间去思考怎么写好一句话。这个技巧很简单，不妨先在你的作文里试一试，你会体会到它的好处。

技巧二　引用说话的几种方法

读一读下面这两段话：

段落1

> 飞飞说："你真的没吃他们？"
> 小丝儿说："没有，绝对没有，他们已经飞走了。"
> 飞飞说："你真是一只好蜘蛛？"
> 小丝儿说："我想做一只好蜘蛛。可是我不知道怎么做一只好蜘蛛，妈妈总让我学织网来捕猎。"
> 飞飞说："是你救的我吧？"
> 小丝儿说："算是吧。"

段落2

> "你真的没吃他们？"飞飞的害怕并没有消除。
> "没有，绝对没有，他们已经飞走了。"小丝儿尽量让自己看起来不那么凶狠地说。
> 飞飞开始变得没那么害怕，她慢慢站起来说："你真是一只好蜘蛛？"
> "我想做一只好蜘蛛。"小丝儿想了想，继续说，"可是我不知道怎么做一只好蜘蛛，妈妈总让我学织网来捕猎。"
> "是你救的我吧？"飞飞这才意识到，自己不可能飞到一个这么安全的地方来。
> "算是吧。"小丝儿为自己做了一件好事而感到开心。

你发现这两段话有什么区别了吗？

段落1，"飞飞说"和"小丝儿说"都放在了双引号的前面；

段落2，"飞飞说"放在前面，"小丝儿说"放在中间或是后面。

读起来有什么感觉呢？第一段，给人感觉比较死板，都是"×××说"；第二段给人的感觉就很灵活了，读起来不会让人感到呆板。

这也是一个非常容易学会的技巧，你可以在自己的作文里试一试，再读一读，看看可以读出什么不同的感觉。

第二个技巧就是：**写人物对话的时候，一般有四种引用方式：**

- 把**某某说**放在对话（双引号）的前面，这时候要加冒号；

　　飞飞开始变得没那么害怕，她慢慢站起来说："你真是一只好蜘蛛？"

- 把**某某说**放在对话的中间，这时候不用加冒号；

　　"我想做一只好蜘蛛。"小丝儿想了想，继续说，"可是我不知道怎么做一只好蜘蛛，妈妈总让我学织网来捕猎。"

- 把**某某说**放在对话的后面，这时候也不用加冒号；

　　"没有，绝对没有，他们已经飞走了。"小丝儿尽量让自己看起来不那么凶狠地说。

- 不用**某某说**，直接把说话人的动作神态写出来。

　　"算是吧。"小丝儿为自己做了一件好事而感到开心。

这四种方法，什么时候该用第一种，什么时候该用第二种呢？

这没有规定，看你的心情，你想用哪一种就用哪一种，只要你觉得好就可以了。

不妨在你的作文中试一试吧，你会发现你的作文变得很不一样。

技巧三　用词语修饰对话

读一读下面这两段话：

段落1

　　"小丝儿！你还好吗？"蜘蛛妈妈说。
　　"妈妈，我很好，你不要下来，你往上爬。"小丝儿回答道。
　　蜘蛛妈妈喊道："嘿！小伙子，来啊，这里有一只更大的蜘蛛！"

> "妈妈你快上树顶去！"小丝儿喊道。
>
> 小丝儿又喊道："我在这儿呢！"
>
> "快回去！"妈妈焦急地喊。

段落2
> "小丝儿！你还好吗？"小丝儿在洞里听得很清楚，这是妈妈的声音，妈妈正向自己爬过来。
>
> "妈妈，我很好，你不要下来，你往上爬。"小丝儿也担心妈妈的安危。
>
> 为了转移男孩的注意，蜘蛛妈妈从树枝上爬了下来，她对男孩喊道："嘿！小伙子，来啊，这里有一只更大的蜘蛛！"
>
> "妈妈你快上树顶去！"看见捅到洞口的棍子撤走了，小丝儿知道男孩肯定是拿棍子打蜘蛛妈妈去了。小丝儿急忙爬出洞口，也大声喊道："我在这儿呢！"
>
> "快回去！"看见小丝儿探出头来，蜘蛛妈妈焦急地喊。

发现它们有什么不同了吗？

段落1，"妈妈说"，在"说"字前面没有修饰的词语；第二段有"妈妈正向自己爬过来"。哪一段读起来更生动呢？

看起来，**段落2**显得要生动一些。同样的话，第二段用了什么魔法吗？其实没有什么秘诀，你仔细看第二段标红的地方，只是比第一段多了一些动作和神态的词语而已。

你有没有注意到，我们平时说话的时候，一般都会带着很多动作。比如，老师站在讲台上，一边用粉笔写着字一边说；妈妈一边擦桌子一边说；**小丝儿急忙爬出洞口，也大声喊道："我在这儿呢！"**

把语言写活的办法，就是**把说话的人说话时候的动作、眼神、语气、心情、神态写出来。**

动作： 蜘蛛妈妈从树枝上爬了下来，她对男孩喊道："嘿！小伙子，来啊，这里有一只更大的蜘蛛！"

语气：小丝儿急忙爬出洞口，也<u>大声喊</u>道："我在这儿呢！"

心情："妈妈，我很好，你不要下来，你往上爬。"小丝儿也**担心**妈妈的安危。

眼神："快回去！"看见小丝儿探出头来，蜘蛛妈妈焦急地喊。

神态："难道我只能做坏蜘蛛吗？"小丝儿沮丧地说，"连吸花粉这么容易的事我都学不会。"

技巧四　写得越真实越好

把语言写得生动，还有一个最关键的技巧，就是要写得真实。读一读下面这两段话，看看有什么感受。

段落1

"小丝儿！沿着树干爬回洞里去！"蜘蛛妈妈爬到了男孩打不到的地方继续喊。

这时候，男孩也看见了小丝儿，他抡起棍子便向小丝儿打来，小丝儿飞快地爬向树洞。

"注意不要被打到了！要快一点儿！小丝儿！"蜘蛛妈妈一边喊一边爬了下来，她想来救小丝儿。

段落2

"小丝儿！快跑！"蜘蛛妈妈爬到了男孩打不到的地方继续喊。

这时候，男孩也看见了小丝儿，他抡起棍子便向小丝儿打来，小丝儿飞快地爬向树洞。

"加油！快！小丝儿！"蜘蛛妈妈一边喊一边爬了下来，她想来救小丝儿。

注意对比一下**段落1**和**段落2**标红的部分，段落1是不是显得更长？想一下，在危急的情况下，蜘蛛妈妈会说那么多话吗？

把语言写生动，就是人物怎么想，我们就怎么写，人物怎么说，我们就怎么记，越真实越好。

怎么样才能把语言写得生动呢？

1. 如果是你亲眼所见、亲耳所闻的事，把原话写出来就是最生动的。

2. 很多时候，我们写的事情不一定是真实发生的，有一个办法：**把自己想象成故事里的人物**。想一想，如果你是小丝儿，看见蜘蛛妈妈被男孩追着打，你会说什么？

在我们写这个《蜘蛛和蝴蝶的好朋友之旅》的时候，蝴蝶醒来后会对蜘蛛说什么，大家都不知道怎么写。于是，我们做了这样一件事，让小尹扮演昏迷中的蝴蝶，让小愉扮演救蝴蝶的小丝儿。结果，她们俩就真的把蝴蝶醒来后的对话演出来了。如果你写作的时候遇到写对话的困难，不妨找个同学来演一演。

现在，你可以用这四个技巧来写你故事里的对话了，练习一下，你会掌握得更好。

主题三　捕捉动感瞬间：动作描写

下面这个故事很奇怪，听完后你也许会觉得不可思议。这是六年级的可蕊讲述的故事：

可蕊家有三姐妹，组组可蕊，妹妹可露和可盼。爸爸妈妈外出了，留下三姐妹自己在家上学。可蕊最担心的事情就是照顾不好两个妹妹。在安静的小山村，她觉得任何事物都有危险。为此，她经常做梦，有一次她做了一个奇怪的梦。在梦里，两个妹妹被黄锈工（这是当地的一个传说，黄锈工是住在木屋阁楼的小人，他们喜欢收集铁锈，还喜欢抓走小孩，当地每一个小孩都知道这个故事）抓走了。黄锈工把两个妹妹送到了一条懒龙那里。可蕊把这个梦讲述得有声有色的，连怎么从懒龙手里救出妹妹都描述得很详细。所以，老师鼓励她把这个故事写出来，结合三姐妹的生活和她们之间的情谊，写一个故事。于是就有了这个《阁楼上的小人》的故事。

阁楼上的小人

可蕊总是担心没办法照顾好两个妹妹。爸爸妈妈出门的时候再三叮嘱过可蕊一定要照看好可露和可盼，爸爸妈妈不在家的这段时间里，可蕊简直就是家里的女主人。

可蕊给可露和可盼定下很多规矩。比如，绝不允许她们到池塘旁边玩，离池塘50步的地方也不允许；绝不允许她们到树林里爬树；绝不允许到了太阳落山的时候还没回家。如果谁敢违反可蕊的规矩，可蕊就有很多办法惩罚她，例如不给她晚饭吃。

爸爸妈妈去了很遥远的地方工作，三个女孩独自留在山村里。在可蕊看来，山村里静悄悄的夜晚，任何声音都有可能是坏人的声音，她绝对不允许可露和可盼对天黑时候的声音产生任何的好奇心。

这天晚上，可蕊盯着可露和可盼盖上了被子，她在外面把房间的木门锁上，才安心地去睡觉。

"妈妈，你什么时候才能回来呢？"可蕊躺在床上翻来覆去地想。透过窗户可以看见屋檐上被月光照得冷冷的瓦片，一只蝙蝠从外面飞到了木屋的屋檐下。

"这里住着三个女孩，她们的爸妈都不在家。"屋顶上传来的声音让可蕊警觉起来。

"什么人这么晚了还在我们家屋顶上？"可蕊竖起耳朵坐在床上仔细听，那声音变成了窃窃私语。

可蕊悄悄掀开被子，伸脚到地上划了一下，找到自己的拖鞋，屏住呼吸，蹑手蹑脚地来到窗户旁边。那扇窗户没有玻璃，可蕊借助月光抬头就能把屋檐下看得清清楚楚。

只见屋檐下倒挂着一只蝙蝠，"那就这样，你去把黄锈工叫起来。"

"天啊！竟然是蝙蝠在说话。"可蕊感到十分惊讶，和蝙蝠对话的居然是一只老鼠。

"我在那边等你。"蝙蝠的声音又变得大了起来，说完它就松

开爪子，从屋檐上掉了下来，只见它在空中快速翻了个身，"噗"的一声打开了翅膀，好像坠落的飞机突然找到平衡一样，扇动着翅膀飞远了。

没过多久，可蕊听到阁楼里发出了响声。那声音好像不是老鼠跑过的声音，可蕊很熟悉老鼠的声音。老鼠跑过的时候一般会发出快速又连续的响声，就像皮球滚过地板一样没有间断的，还会夹杂着老鼠"吱吱"的叫声。阁楼里那个声音像人走路的声音，一步一步地发出"噔、噔、噔"的声音，却比人走在阁楼上的声音要小得多。

可蕊悄悄靠在门上，从门把留下的小孔里注视着房间外面。只见阁楼的楼梯上亮起了蜡烛的亮光，不一会儿，就看见一个小人举着蜡烛出现在楼梯尽头上。

"今天真是太奇怪了！"可蕊感到有些害怕，那个举着蜡烛的人看起来只有拇指那么大，可蕊倒不是害怕这个小小的拇指人能有多凶恶，只是感觉这一切太不正常了。可蕊继续屏住呼吸，想看看到底会发生什么。

楼梯上的小人太矮了，楼梯板对他来说就像一个大悬崖，他并没有像人一样直接踩着楼梯板下楼，而是举着蜡烛沿着楼梯边缘往下走。看起来他很熟悉边缘的斜坡，因为那么陡峭的斜坡他走起来一点滑倒的迹象也没有。不一会儿，小人后面又出现了一个小人，可蕊看得很清楚，那不是一个小人，而是一队小人。起初她还能数得清楚，"一个，两个，三个……"，后来小人成队往下走的时候，可蕊已经数不清了，只能估计有三十多个。

举着蜡烛的领头小人最先下了楼梯，经过可蕊房间门口的时候可蕊才把他们的模样看仔细：他们个子大约只有一个拳头那么高，都穿着金黄色的衣服，每个人都背着一个暗红色的背包。他们的鞋子看上去很脏，每个人的鞋子上都沾满了铁锈，就像刚刚从废铁厂里劳动回来的工人一样。他们有的手里拿着铁铲，有的拿着锤子。他们下了楼梯后走起来一点也不整齐，有两个并肩的，有三五成群小声说话的。

可蕊在门把孔里看得很清楚，这些小人来到可露和可盼的房间

门前停了下来。只见领头的小人转过身来，后续的小人都向他靠拢过去。

"今天要快一点。"领头的小人好像在给大家发布命令。

五六个小人听完命令就卷了卷袖子，把手里的锤子和铁铲插到背包里，抬头看了看房间的门把，朝自己的手掌上吐了口唾沫，双手摩擦了三五下，就抱着门框往上爬。他们爬墙的技术真是厉害啊，光秃秃的门框，不借助任何绳索，很快就爬到了门把上。下面的人举着蜡烛给他们照亮，上面的小人伸手从后背的背包里取出锤子和铁铲，乒乒乓乓地在门把上敲起来。带锤子的小人敲打着门把上生锈的部位，带铁铲的小人把敲掉的铁锈铲起来装到背包里。

"黄锈工！"可蕊心里一惊，他听说过黄锈工的故事，黄锈工一般都住在阁楼上，他们喜欢收集家里的铁锈。大人常常警告她们不要到阁楼上去，因为阁楼里住着抓小孩的黄锈工。

不一会儿，门就被黄锈工撬开了。

"不好！"可蕊想打开门冲出去，却发现门好像被从外面锁住了一样，无论怎么用力也开不了。

所有的黄锈工都进入了可露和可盼的房间。不一会儿，只见领头的黄锈工举着蜡烛先出来，其余的黄锈工分成两队，可露和可盼被他们抬出来了，可怜的两姐妹还在呼呼大睡浑然不觉。

"可露，快醒醒啊！"可蕊一边拍打着门一边喊。

"可盼，醒醒啊！"

可蕊使劲地拉着门把，可怎么拉也拉不动，眼睁睁地看着黄锈工把熟睡的可露和可盼抬下了楼。可蕊着急地找来房间里的凳子用力向门把砸去。

等到可蕊砸开门，穿着拖鞋赶下楼，可露和可盼已经被抬得很远了。可蕊顾不上深夜的寒冷，循着黄锈工的烛光一路追去。可是，即使她的脚比黄锈工的脚长了几十倍，她还是觉得自己追不上黄锈工。虽然黄锈工的烛火看起来是慢吞吞地在移动，但是可蕊怎么跑都赶不上。

黄锈工抬着可露和可盼转过了村口槐树的弯儿，向树林里走去。可蕊紧紧跟着他们。不一会儿，可露和可盼就被抬着往山上走。过了一个山坳，他们进了一个巨大的山洞里。

可蕊好不容易爬过山坳，可露和可盼却不见了。只有一只蝙蝠在和黄锈工说话。

"那堆废铁的铁锈都归你们了。"蝙蝠对黄锈工们说道。

可蕊还没从山洞口走进来，就大声说："你们把我妹妹带到哪里去了？"可蕊一点也不害怕，因为这些黄锈工站起来还没有她的脚板高，那只蝙蝠也没有什么可怕的，她以前放羊的时候不知道抓过多少蝙蝠。

黄锈工似乎没听见她的喊声，排成一队，向山洞里的斜坡鱼贯而行，消失在了黑暗之中。

"嘿，你们把我妹妹带到哪里去了？"可蕊质问蝙蝠。

"噢！她们的姐姐来了！"蝙蝠看见可蕊立刻就拍打着翅膀飞到空中，在山洞里盘旋起来，它飞得很快，却一点也不担心撞到石壁上，"她们的姐姐来了！她们的姐姐来了……"它一边飞一边喊。

"慌什么，慌什么！"只见一只老鼠从山洞的斜坡下爬了上来，对空中的蝙蝠喊道，"慌什么，一个女孩子能做什么？"

"你们把我妹妹带到哪儿了？"可蕊和一般的女孩可不一样，她一点都不怕老鼠，不知道多少老鼠晚上在她家偷吃的时候被她消灭过。

"你是姐姐？那这个责任你要负。"老鼠说话的语速放慢了，就像老态龙钟的老人那样。

"你说什么？我问你我妹妹在哪里？"可蕊愤怒地走向老鼠，她打算捉住老鼠，如果老鼠不说她就把它踩扁。

那只老鼠显然已经老了，没退两步很快就被可蕊抓了起来。

"不要着急，不要着急，你跟我来。"老鼠显得有点有恃无恐。

可蕊没办法，只好在老鼠的指引下跟着它走进山洞更深的地方。

113

转过一段潮湿的通道，山洞突然变得明亮起来，里面点着火把，一条石子铺成的小路通向一座石门，石门里面摆着一口大水缸。只见石门后面闪耀着红彤彤的光，一会儿暗，一会儿亮。

在老鼠的指引下，可蕊走进石门，眼前的一幕吓得她大叫一声，一松手把手里的老鼠弄掉在地上，老鼠"吱"地一声就从她脚底逃走了。原来石门里面睡着一条巨大的龙，那红色的亮光正是龙打鼾的时候从鼻子里喷出来的火。

"嗯，喝水。"老鼠轻轻咬了一下龙的尾巴后，龙醒了过来，睡眼蒙眬地说。

老鼠和蝙蝠急忙把一块巨大的芭蕉叶拉到龙的嘴边，芭蕉叶上流出了溪水一样多的水。

"吃草。"这只龙说话很简短，但老鼠和蝙蝠好像都很听它的话，乖乖从墙角拿了很多草送到龙的嘴边，龙只是张开嘴，什么都懒得动。

这分明是一只很懒的龙，可蕊一眼就看出来了，"难道它懒得连猎物都找不到，所以吃草？龙好像是食肉动物，我记得在哪里看过的。"可蕊在心里琢磨着，看着这只龙懒洋洋的，甚至连嘴都懒得张，她的胆子大了起来，"你们把我妹妹带到哪里去了？快说！"

懒龙连说话也懒得自己说。

"她们在水池边把我们的水弄脏了。"蝙蝠代替懒龙回答道，"现在她们正在帮我们清洗水缸。"

可蕊急忙跑到水缸旁边，伸长脖子看了又看，水缸里除了装了一半的水，什么也没有。

"你们骗人！"可蕊抬头对懒龙说。

"你仔细看。"老鼠用那老态龙钟的声音说。

可蕊把脖子伸得更长，这时水缸里传来一丝微弱的声音："姐姐，姐姐，救我们！"

是可露和可盼的声音，"可露！可盼！"可蕊喊了两声，这时她看清了，可露和可盼变得比蚊子还小，她们坐在一艘只有汤勺大小的船上，手里拿着布正在清理水缸呢。小船沿着水缸壁慢慢地游走，可露和可盼必须靠着船沿伸手去擦水缸壁。她们变得太小了，每次只能擦一点点，按这样的速度擦下去不知道什么时候才是个头。

可蕊弯下腰，想伸手把可露和可盼捞起来，但无论她怎么伸手，离小船都还有一个拳头的距离。

"你们等着！"可蕊对可露和可盼说道。

"你可以把水缸里的水加满，她们就浮上来了。"蝙蝠给可蕊出主意。虽然可蕊不知道它是出于好心还是假意，她还是照着做了。

奇怪的是，水缸旁边早就准备了一个水桶，好像特意为装水准备的一样。可蕊没有想太多，拿起水桶就往山洞外面跑，不一会儿就拎回来一桶水。她小心翼翼地把水倒到水缸里，生怕一不小心就把可露和可盼的小船打翻了。

倒了一桶水，可蕊弯腰伸手下去，却发现水缸里的水似乎没有发生变化，她又拎来一桶水，就这样反反复复，每次水只上升一点点。

"有人帮您挑水，您可以睡觉啦！"老鼠对懒龙说。

懒龙满意地打了个哈欠，转头又打起了鼾，山洞里又冒出一阵阵火光。

可蕊自己也不记得往水缸里倒了多少桶水，她累得腰都快直不起来了，再次趴到水缸边缘，想试一试能不能捞起小船，却惊讶地发现妹妹们不见了，小船也消失得无影无踪。

"我妹妹去哪儿了？"可蕊抬头质问懒龙，蝙蝠和老鼠早就不见了踪影。

只见水缸里的水全都消失了，水缸变成了一个美丽的星空，点点星星在白云之间穿梭来穿梭去。可蕊感觉自己就像飞翔在浩瀚的太空边缘。面对美丽的星空，她忍不住向下跳去，掉在一团柔软的白云上面，白云慢慢地移动了起来，漫天星星就在可蕊身边，和她擦身而过。白云带着可蕊，来到星空的尽头，一扇木门镶嵌在夜空边缘上。

推开木门，可蕊惊奇地发现这是可露和可盼的房间，可露和可盼正在床上睡得安稳呢。

| 想一想 |

在讲这个故事的时候，我们选择了这个结尾，可蕊推开那扇门，回到了妹妹的房间，看见妹妹正安稳地睡在床上。

其实，这个故事还可以换一个发展方向。可蕊推开门，来到另一个地方，依然还是没有找到妹妹。在这里，为了找到妹妹，她遇到了许多人和许多事。

你可以找同学或老师帮忙，把剩下的情节补充完整。

捕捉动感瞬间

读完《阁楼上的小人》，你发现了吗，这个故事里有很多动作描写。

上一次课，我们学习了语言描写，如果要把一个故事写得生动，只有语言描写是不够的，故事里的人，也就是人物，除了说话，还要做各种各样的**动作**，就好像我们每天都会做很多动作一样，把他们的动作写出来，你的故事就会非常精彩。

动作描写其实很简单，只要掌握下面这些技巧，你就能写好了。

技巧一　把动作写详细

比较一下下面两段话，看哪一段更生动。

段落 1
> 五六个小人听完命令就卷了卷袖子抱着门框往上爬。

段落 2
> 五六个小人听完命令就卷了卷袖子，把手里的锤子和铁铲插到背包里，抬头看了看房间的门把，朝自己的手掌上吐了口唾沫，双手摩擦了三五下，就抱着门框往上爬。

我们做的任何事，都由很多微小的动作组成。在图书馆**看书**这个动作，就要有：

　　走到书架前，**踮起**脚尖，从书架上**抽出**那本书，**回到**座位前，轻轻地**坐**下去，把书**摆**在桌面上，**打开**书，安静地**看**起来。

数一数**看书**被拆成了多少个动作？

在写动作的时候，把动作拆分得越详细就越生动。

再比如，可蕊起床这个动作：

可蕊悄悄**掀开**被子，**伸**脚到地上**划**了一下，**找**到自己的拖鞋，**屏住**呼吸，蹑手蹑脚地**来**到窗户旁边。

在写作的时候，你可以根据需要尽量把动作写详细，下面可以试一试拆分以下动作：

- ◆ 上公交车
- ◆ 捉蝴蝶
- ◆ 雨中回家
- ◆ 爬上树
- ◆ 过河

写好动作的第一个技巧，就是**把动作写详细，越详细越生动。**

技巧二　动作前加修饰词

比较一下下面两段话，看哪一段更生动。

段落 1
　　可蕊拉了门把，但怎么拉也拉不动，看着黄锈工把可露和可盼抬下了楼。可蕊找来房间里的凳子向门把上砸去。

段落 2
　　可蕊使劲地拉着门把，但怎么拉也拉不动，眼睁睁地看着黄锈工把熟睡的可露和可盼抬下了楼。可蕊急忙找来房间里的凳子用力向门把砸去。

段落 2 比段落 1 多了什么？

多了"使劲地""眼睁睁地""急忙""用力"，只是多了四个词语，你可别小看这四个词语，这往往是很多人写作的时候最容易忽略的细节，这些细节决定了你写的动作是否生动。

平常我们做动作的时候，同一个动作，在不同的情况下做出来是不一样的。

比如，吃早餐。

周末，不用上学，吃早餐不用很快：

把热腾腾的牛奶**轻轻地**端了上来，**仔细地**剥开一个鸡蛋，把蒸好的红薯剥得**干干净净的**，**慢慢地**尝了一口……

周一，要去上学，慢了会迟到：

匆匆忙忙拿起鸡蛋，按在桌面上**快速地**滚了一圈，**哗地一下**剥开蛋壳，**囫囵吞枣**地把鸡蛋塞到嘴巴里，**三下五除二**就把鸡蛋吞了下去，拿起牛奶**咕咚咕咚**就倒进嘴里……

同样是吃早餐，第一段就显得慢条斯理，第二段就显得飞快，是吗？

哪怕是同一个动作，在不同的情况下表现出来是不同的。那怎么表现**快速吃早餐**和**慢慢吃早餐**的不同呢？秘密就在上面重点突出的<u>修饰词</u>上。用不同的修饰词修饰同一个动作，写出来的效果是不同的。比如：

飞快地挤上了马车；排着队**有秩序地**上了马车。
气喘吁吁地跑了回来；**唱着歌慢慢**走了回来。
轻轻地锤了一下钉子；**用尽全身力气猛锤**钉子。
轻轻地敲了敲门；**用力**把门敲得砰砰作响。
对着同学们**大声**吼道；**柔声细语地**对同学们说。

不同场合下，人做出来的动作效果是不同的，除了上面这些，你还能想到哪些动作一样但修饰词不一样的动作吗？

另一个问题来了，怎么知道什么时候用什么修饰词呢？

解决这个问题，你要做到下面两点：

❶ 想清楚做动作的人当时的处境

他是处在危险中，还是处在安全中？
他很着急，还是有很充足的时间？
他很生气，还是很开心？
他动作很粗鲁，还是很温柔？
他很紧张，还是很轻松？

还有很多很多不同的区别，在写动作之前你一定要想好，情况不同，用词就不同。

❷ 平时要多收集修饰词

平时读书的时候，要多注意书上修饰动作的词语，有必要的话把这些词语记下来，积累的词语越多，你写起动作来就越轻松自如。

技巧三　选择合适的动作词语

同样的一件事，不同的人做出的动作可能是不一样的。

老鼠**爬**到玉米旁边，**闻了闻**，**张开**嘴，**啃**了起来。

小鸡**走**到玉米旁边，**看了看**，**伸出**头，**啄**了起来。

老鼠吃东西用**啃**，小鸡吃东西用**啄**，这是不一样的。换成别的动物，你能准确地写出它们的动作吗？

小鸟＿＿＿＿＿＿＿＿＿＿＿＿＿＿＿＿＿＿＿＿＿＿＿。

再看下面两段：

老松鼠慢慢地**走**过去，轻轻**推开**花园的篱笆门。

小松鼠飞快地**跑**过去，用力**撞开**花园的篱笆门。

老松鼠因为年龄大了，不能快跑，所以用"**走**"和"**推**"，小松鼠很顽皮，所以用"**跑**"和"**撞**"。明白了吗？不同的人面对事情的反应是不同的，你要选择一个最合适的词语，把他的样子写

出来。

同一个人在不同的场合做出来的动作也是不同的。

什么时候用什么词,你可以多找几本小说来读一读,学习一下它们的动作用词,有必要的话记下来。写作的时候要多琢磨,多感受。

动作也可以用表演来展示,不妨找同学来表演一段动作,看谁表演得更真实。

主题四　人物化妆镜：外貌描写

　　认识一个人，我们首先记住了他的外貌，现在，随便问一个你认识的人，你一定能说出他是高还是矮，是胖还是瘦，是年长还是年轻，是白还是黑，是有胡子还是没胡子……

　　同样地，如果要别人记住你写的故事，就要让他先记住你故事里的人的长相、穿衣风格这些特征。能够把外貌写得跃然纸上，别人对你的故事才有好印象。

　　怎么写好外貌呢？

　　先读一读这篇《魔法小兔》。

　　这是梦工场的同学们共同构思的故事，参与的同学有小尹、可可、阿欣、阿玉、哲哲和静静。

　　我们创造了一个主角，她的名字叫兰美。

　　兰美在乡下过暑假的时候遇见一只会魔法的兔子，兔子对兰美讲述了一个它学魔术的故事。

魔法小兔

兰美坐在奶奶家的院子里,她什么也没做,就是坐在椅子上晒太阳而已。

忽然,兰美的帽子直直地悬空飞了起来,那不像是风吹走的样子,因为现在并没有任何的风,帽子直直地从兰美头上悬起来,就好像一只看不见的手托着它一样。随后,兰美的帽子平直地往前飞,飞得稳稳当当的,和风吹走帽子的样子完全不同。

兰美感到十分惊讶,她直起了身子,嘴巴张得大大的,目不转睛地盯着帽子。只见帽子飞到了篱笆外面,"嗖"的一声就掉在一只兔子头上,没错,就是一只普通的兔子,浑身雪白,长着两只长长的耳朵,胡子扬在嘴角上。它骑着一辆自行车,按着铃铛正在从院子旁的路上经过。

"天啊!"兰美感叹道。

兰美看得直发愣,只见兔子骑着自行车朝一个小山坡冲上去,快到坡顶的时候它停了下来,调转车头,又从坡上溜下来。不一会儿,它又沿着刚刚的方向骑回去,还是往坡上冲,快到坡顶时再次调头。

兔子重复这个动作骑了好几次,终于在篱笆外面找了块空地把自行车停下。它戴着兰美的帽子,四只脚着地一蹦一跳地向院子里走来。兰美看得很清楚,它既不是像动画片里的兔子那样穿着人的衣服,也不是用两只脚走路,更不是像人一样两只手拿东西,它和一只普通的兔子没区别,也是用四只脚走路,走起来蹦蹦跳跳的。

它很快就从篱笆的缝隙钻了进来,走到兰美身边。

"你好!"

天啊,兔子竟然开口和自己说话!兰美更加惊讶不已。

"请问你会魔术吗?"兔子的声音比人小很多,但兰美还是能听清楚。

"你真的是一只兔子吗?"兰美有点不敢相信自己看到的一切。

"没错，我是一只正宗的兔子，"兔子回答得不紧不慢，"我想请问你是不是一个魔术师？"

"这是怎么回事？"兰美还想知道发生了什么。

"哦，很抱歉，我没有向你介绍我自己，"兔子脱下了帽子向兰美示意，"我叫蓝莓，我离开兔子洞已经有一年的时间了，你想听听这一年来都发生了什么吗？"

看着坐到了她对面的兔子，兰美觉得这很不可思议，她倒是很想听一听到底发生了什么。

"是这样的，"兔子对着兰美说了开来，"你知道吗？我最大的梦想就是成为一只魔法兔。我不想天天只知道种胡萝卜，我要离开兔子洞，去试一试做一只魔法兔。爷爷很赞成我的这个想法，它年轻的时候，曾经在一次魔术表演中见到过魔术师从帽子里变出一只兔子来，它告诉我那也许就是一只魔法兔。在兔子洞，我和爷爷生活了三年，爷爷差不多每天都会和我回忆它见到过的那次魔术表演，它说那是在一个魔术小镇的表演。"

"魔术小镇？我从来没有听过这个地方。"兰美越来越感到不可思议。

"我也不确定是不是叫魔术小镇，爷爷也不确定，"兔子接着说，"去年的一天早上，爷爷对我说，它老了，而我应该出去找找这个魔术小镇。我还记得爷爷对我说的那句话：'年轻人，总要去试一试自己的想法，否则除了种胡萝卜，什么都不会。'"

"你爷爷真是一只睿智的兔子。"兰美说道。

"从那以后，我就离开了生活了三年的兔子洞。按照爷爷的说法，一直向东边走就会到达魔术小镇。"兔子看着兰美，继续讲述它的故事——

我不知道魔法兔是什么样的，我只从爷爷的讲述中知道，魔法兔可以从帽子里凭空变出来，也可以骑着自行车飞到空中，还可以钻到一幅画里。这简直太有趣了，比种胡萝卜有趣多了，虽然爷爷一辈子都在种胡萝卜，但它还是支持我去做一只魔法兔。

就这样，我什么也没带就离开了兔子洞。你知道，兔子到处都能找到青草，我并不担心会挨饿。我走了很远，见到过两个人，第一个人很友好，但是他不会魔法。第二个人带着一只猎狗，那只猎狗差点把我咬死了，幸好爷爷教过我怎么躲避猎狗。我一直往东走了大概两个月的时间，除了多认识一只松鼠、一只野鸡、一只流浪猫以外，什么收获也没有。那时我已经很累了，有点想放弃，我开始怀疑世界上到底有没有魔法，为什么我走了那么久的路，见到的所有人都不会魔法呢？

直到我遇到野猪，它改变了我的想法。

那是一头很奇怪的野猪，它躺在一棵大树下。一般的野猪都凶猛无比，但是这头野猪，獠牙又大又黄，还分了叉，像树根一样把它的嘴巴撑得嘴皮上扬，身上的毛掉得稀稀落落的，有的地方好像被人用剃刀剃过一样，那毛耷拉在野猪背上，不像一般凶猛的野猪那样倒竖起来让人感到害怕。再加上它那又短又圆的腿，撑不起它那比牛还胖的身体，走起路来摇摇晃晃的，仿佛一不小心就会在墙上撞个晕头转向的样子。

因此我一点也不感到害怕。我对野猪说，我想在附近找一个洞，把它装成我的新兔窝，我想生活在这个地方不走了，不再去找魔法。

野猪当场就制止了我，它告诉我那个魔术小镇它是去过的。魔术小镇每年都会新招一批参加魔术表演的动物，不过没有魔术师愿意收留一只凶猛的野猪。它也曾经想成为一只魔法野猪，但不得不放弃了那个想法。它告诉我，不要轻易放弃自己的梦想。

后来，我又往东走了很久，终于打听到了魔术小镇。那可真是一个神奇的小镇啊，小镇上住着各种各样的魔术师，来小镇观看魔术表演的人络绎不绝。最神奇的是，在小镇上，人们特别尊重动物，如果有人带着宠物狗来观看魔术表演，宠物狗会被要求栓得紧紧的。

　　一走进小镇我就被迷住了。比如我看到墙上画了几只鸽子，但是当我走近的时候，那些鸽子就从墙壁上飞出来，变成了真实的鸽子；街道的中央总会有一些动物在表演。比如蛇，钻过一把铡刀，你明明眼睁睁看着它被铡成两截，扭曲着身体在痛苦地嗷叫，一转眼两截蛇又粘在了一起；几只老鼠围着一张纸转，转着转着老鼠就成排地飞到空中，纸上慢慢竖立起一座城堡，越竖越高。

　　你知道吗，每年都会有很多动物来这里应聘动物魔术师，如果应聘成功，就能跟着魔术师表演，魔术师为了表演更加精彩，会教给小动物们很多魔术。

　　我也去参加了应聘，但是我的魔术生涯一点儿都不顺利。

　　我还记得，那天魔术屋里坐满了各种各样的小动物，我被要求和另外五只兔子一起表演一个节目。一开始很顺利，我们被魔术师画到了一张纸上，魔术表演开始的时候，他依次把我们变活过来。我们来到地上，找到魔术师给我们准备好的自行车，准备表演骑自行车飞行。我刚刚进入这个魔术团没多久，根本就不会骑自行车。前面的兔子骑着自行车一一起飞，而我竟然摔倒了。那可是一次糟糕的表演。我不仅把走在最后的兔子的自行车带倒了，还把舞台上的竹竿也撞倒了，竹竿倒下来的时候砸到了空中的兔子，眼看兔子就要重重地摔在地上，魔术师不得不俯身去接，这一接让魔术师扑倒在舞台上。

　　那一刻我知道我的魔术生涯完了。我坐在专门给动物休息的休息室里，等待着魔术师愤怒地把我开除。我听见魔术师在门外向他的助手发着怒火，助手解释说因为之前的兔子生病了，所以才招的我。那个时候我才知道为什么我不会魔法应聘还那么顺利。魔术师则指责助手没有事先告知他。

　　那次等待魔术散场的时间真是久啊，动物休息室里坐满了各种参加表演的动物。有一对毛驴，一大一小，一条蛇，几只兔子，还有鸽子、老鼠和猫。它们有的窃窃私语在说我刚刚的表演，有的则直接对我说，我根本就没有魔术天赋。

我到现在还清楚地记得它们的样子。大毛驴穿着花外套，坐在地上，两条各长着一撮白毛的前腿交叉在胸前，耳朵直立起来，所有动物里它的眼睛最大，它就那样直愣愣地盯着我。

一只浑身雪白的猫也用奇怪的眼神看着我，这只猫还戴了一副墨镜，脖子上系着一个蓝色的蝴蝶结，显得比一般的猫要高贵得多。

尤其是刚刚被绊倒的兔子，嘴巴左边的胡子被擦掉了几根，比右边要稀少，牙齿也因为从空中掉落下来磕到了地板上，被撞缺了一颗，脚上还缠着纱布，它那愤怒的眼神似乎是永远也不会原谅我的样子。

只有一只戴着红帽子，胡子又短又粗，眼角有了皱纹的兔子，说话还算客气，它只说了一句："你还是回你的兔子洞去吧！"

当参加完表演的魔术师都进来认领他们的动物的时候，我知道最糟糕的结果来了，我被魔术师开除了。

你知道这对我来说打击有多大吗？我离开兔子洞，一直在寻找魔术小镇，就是为了成为一只魔法兔，可第一次表演我就演砸了。这让我觉得我没有任何魔术天分，我注定只能做一只普普通通的兔子。在魔术小镇，魔术表演失败可是一桩天大的事，大家很快就知道我是一只倒霉的兔子，我是一只根本就没有魔术天赋的兔子。我要想继续在魔术小镇应聘做一只魔法兔根本就很难了。

我本来打算离开魔术小镇，不过老鼠老胡又改变了我的计划。

老胡是一只年长的老鼠，它的胡子已经变得斑白了，还掉了不少，稀稀落落地挂在嘴角上，一副长长的老花镜几乎挂到了鼻尖。身上披着一件特制的蓝色风衣，扎着一束魔术师特有的领带。手上长满了泛黄的毛，手里总是端着一瓶绿色的汽水，挂着一根魔法拐杖。尾巴藏在风衣下面，很难被人发现，显得很有风度。

老胡告诉我，当初它刚刚来到小镇的时候也是一只失败的老鼠，但是它并没有放弃。它在汽水魔术师的家里帮着汽水魔术师打杂。汽水魔术师正好需要一个帮手帮他配置汽水。老胡一打杂就打了两年，它知道自己什么也不会，只能安静地帮助着汽水魔术师。直到有一天，汽水魔术师发现他配置的汽水比别的动物配置得要好，正好他的表演缺了一个老鼠，汽水魔术师就把老胡带上了舞台。汽水魔术师给了老胡机会，而打了两年杂的老胡也完全能够驾驭那些魔术。

老胡告诉我，不能轻易放弃梦想。在老胡的帮助下，我来到了帽子魔术师家里，我的工作就是帮助帽子魔术师整理帽子，很无聊的一份工作，就是把帽子从椅子搬到桌子上，又从桌子搬到床上。反反复复，没有任何技巧。

老胡每天晚上都会来看我，每每在我觉得看不到学习魔法的希望的时候，老胡就会出现在我的洞口。他会给我带来一些新鲜的嫩草，它总能知道我什么时候会烦闷。

我比老胡幸运多了，老胡倒汽水倒了两年，我才搬了几个月的帽子，就发现了帽子的秘密。

你知道吗，帽子也能听得懂人说话。这是我在搬帽子的时候无意间发现的。当时我正在把一顶帽子从椅子上搬到桌子上，不小心把帽子撞在桌角上。我看见帽檐轻轻地皱了一下，好像发出了一句十分微弱的"哎呦"声。我又拿起另一顶帽子做了同样的动作，这点细微的变化又出现了。

我找来老胡，老胡也没有办法解释这个现象。因为老胡已经是一个有经验的魔术师了，它帮我分析，是不是帽子也会有生命？顺着这个思路，我和老胡研究了一套和帽子对话的语言。奇迹就这样发生了，帽子完全能听懂我们的语言，老胡是对的。就这样，我能顺利地和帽子对话了，搬运帽子的工作变得有趣多了。只要我友好地对帽子说话，它们就能配合我飞起来。

帽子魔术师很快就发现了这一点，我顺利地成为他的魔术表演助手。我真的很感谢老胡，如果不是它，我可能早就放弃成为一只魔法兔的梦想了。

再一次走上魔术舞台，我一点都没有感到害怕，那一次失败的经历对我来说或许是好事，如果不是经历了那么多挫折，我怎么会知道魔术的秘密呢？你说是吧？

现在，我知道，魔术其实是一件非常简单的事情，每一种物品，每一种动物都有自己的语言，魔术师要做的就是观察它们，用心观察它们，学会如何跟它们沟通，它们就会听命于你。当然，发现窍门的过程会非常艰难，但是找到魔术的窍门后你就会发现所有的事情都很有意思。

小兔子看了看天空，发现太阳已经变成了傍晚的殷红色，这才停了下来，对兰美说："我该回去了。"

"你要回魔术小镇？"兰美对这个小镇倒是很感兴趣。

"不，我要去发现更多魔术的秘密。世界上还有很多有趣的东西等着我去发现，我要听懂更多东西说话，一个优秀的魔法兔是善于钻研新魔法的，这可是帽子魔术师对我说的。然后，我想回兔子洞去看看了，告诉爷爷我终于成了一只合格的魔法兔，原来魔术很简单。"小兔子说完把帽子还给了兰美，就骑着它的自行车匆匆离开了。

人物化妆镜

你还记得课文《鱼在纸上游》吗？一个优秀的画家，能把鱼的外观画得栩栩如生，就好像鱼游到了纸上一样。每个人都有外貌，每个动物也一样都有外貌。因为每个人的外貌和别人都不同，所以我们才能认出他来。这就是我们要学习的**外貌描写**。

怎样写好**外貌**呢？我们不妨先回想一下我们看过的动画片。

《穿靴子的猫》（导演：米勒）

说到"穿靴子的猫"，你立刻就会想到——那只猫穿了一双**靴子**，佩着一把**宝剑**，戴着一顶**帽子**，帽子上有一根**羽毛**。这是它和其他猫不一样的地方。

说到"矮蛋"，你立刻会想到——那个会说话的蛋长着一排整齐又洁白的**牙齿**，**手和脚**非常细，穿着一身金黄的**蛋壳外套**。

《怪物史莱克》（导演：米勒）

说到史莱克，你立刻会想到——那个怪物浑身是**绿色**的，两只**耳朵**像树丫一样伸展在头的两侧，**鼻子**大得像牛，**嘴巴**十分宽阔。

你还能想到哪些动画片里的角色呢？请用简单的语言把它描述给同学听。

每个人（动物）身上都会有一些很特别的地方，把这个地方找出来，这是外貌描写的第一步：**找到人物身上最与众不同的几个外貌特征。**

你可以尝试帮一个同学找出他外貌的最大特点，或者描述一只动物，也可以描述一个怪物、一只粉笔画的猫、长了翅膀的狗……

如果你实在找不到它哪里与众不同，可以用**外貌卡**的办法。梦工场的同学在描述"梦老人"的时候就用了外貌卡：

脸部	有胡子，胡子垂到胸前
衣着	蓝色睡衣，睡衣上有黄色的月亮和星星，戴着帽子，帽子也是蓝色的，帽子顶端有一个星星
物品	他的手里拿着一根画棒
其他	穿着蓝色的拖鞋

我们把能想到的外貌特点都写了出来，然后选择一个最特别的，在故事里着重写出来。

在构思《魔法小兔》的时候，我们同样用了这个办法描述"老胡"：

脸部	胡子已经变得斑白了，还掉了不少，稀稀落落地挂在嘴角上，一副长长的老花镜几乎挂到了鼻尖
衣着	身上披着一件特制的蓝色风衣，扎着一束魔术师特有的领带。
手和毛	手上长满了泛黄的毛，手里总是端着一瓶绿色的汽水，拄着一根魔法拐杖。
尾巴	尾巴藏在风衣下面，很难被人发现，显得很有风度。

对比了一下普通的老鼠，我们觉得老胡的衣着和脸部比较特别，所以就选择了衣着和脸部的特征来描写。

你可以用这种方法试着把你故事里的人物外貌列举出来，然后找到最有特点的几个，如果会画画，也可以把它画出来。

做了上面的准备工作后，你就可以找一些描绘这些特点的词语，把这些词语组合起来，成为连贯的句子，用一段话把你要描写的人物写出来。

技巧　突出重点，不用什么都写

对比下面两段话：

段落1

那只猫长了一双绿色的大眼睛，两只精致的耳朵，浑身的毛雪白雪白的，胡子很长，像老虎的胡须一样横在嘴角上，它张开嘴巴就露出两个又尖又长的牙齿，白色的后脚长了一撮黑色的毛，前脚的爪子看上去像刀一样锋利。

段落2

一只浑身雪白的猫也用奇怪的眼神看着我，这只猫还戴了一副墨镜，脖子上系着一个蓝色的蝴蝶结，显得比一般的猫要高贵得多。

段落1虽然比段落2写得更多，但是在故事中写得多不一定就好，有一些和故事无关的部分可以不写，否则容易打断故事。只写重点，不仅可以帮你节省笔墨，也能让你的故事读起来更连贯。

外貌描写是最容易学习的，你只要记住一个原则：让人物浮现在读者眼前。你只要把人物的样子讲述出来，并突出他最与众不同的几个地方，就能给人"栩栩如生"的感觉。

至于描写外貌的词语，随着你年龄的增长，你懂的就会越多，**不要着急！**

主题五　探看秘密花园：心理描写

前面我们已经学了**语言描写**、**动作描写**、**外貌描写**，这些都是可以看得见的。在人物身上，有一种东西我们看不见——故事里的人，是高兴还是悲伤？是忧愁还是快乐？是担心还是害怕？是紧张还是放松？我们怎么知道呢？又怎么写出来告诉读者呢？

这一章，我们就来学习**心理描写**的技巧。

五年级阿群的爸爸在她五岁的时候就去世了，而她的妈妈是一个哑巴，全村人只有她懂得和妈妈说话，阿群就这样一个人孤独地成长着。阿群还小的时候，爸爸经常教她用芦苇秆编草蚂蚱，所以阿群一直相信爸爸还在这个世界上，只是去了很远的地方。老师和阿群一起来到河边、山上、树林里玩耍的时候，阿群就会教老师编草蚂蚱。这期间，阿群和老师说了很多苗族村寨的故事。这里有一种鸟，人们把它称为鬼鸟，据说鬼鸟是一个年轻人变的，鬼鸟会抓小孩；在大山深处，还有一个奇怪的会放蛊的婆婆……阿群想念爸爸，也害怕孤独，每次听到奇怪的鸟叫声，她都想找到爸爸。

于是，我和阿群把她的想法编成了一个故事，在这个故事里，阿群编了很多草蚂蚱后，终于见到了爸爸，虽然爸爸很快又消失了，但阿群已经不再害怕鬼鸟。

老师把阿群的故事写成了《草蚂蚱》，下面的故事是《草蚂蚱》的一部分。

草蚂蚱

　　春桃第一次强烈地想起爸爸是在鬼鸟出现的时候。那天放学回家的路上，通往村庄的很多大树上都挂满了穿着破旧的稻草人，村里的三生大伯用黄色的纸画了一些神秘的符号，并将它贴到村口的大榕树上。三生大伯说这是鬼鸟出现的季节，如果让鬼鸟进入村庄，会给村庄带来坏运气。

　　听到"鬼鸟"两个字时，春桃被吓得直哆嗦。她回到家里，用木桌顶住门，又拿她很久都没有洗的旧床单将没有玻璃的窗户封得严严实实的。也许鬼鸟长了一双锋利的爪子，所以春桃在床头放了一把砍柴用的钩刀。春桃还在床底放了一个水缸，如果鬼鸟破门而入，她就打算躲到床底的水缸里去。

　　春桃趁天还没黑的时候就早早地到屋后的柴堆里拿来了柴火，在火塘里生起火来，把梯锅里的酸菜和玉米饭架在三脚架上热来做晚餐。春桃想要赶在天黑之前把饭吃完，把作业做完，这样她就不用在晚上开灯了。因为在春桃看来，灯光一定会吸引鬼鸟。春桃把一切都准备好后，就早早地钻进被窝睡觉了。

　　当夜色降临的时候，春桃通过她在窗户留下的一点点缝隙，看到了天上的星光，这个没有月亮的黑夜，一切都显得很神秘。房屋隆起的屋檐在星空中留下一道黑色的痕迹，远处的山连绵起伏地画着长长的黑影。当村里的狗都狂吠起来时，春桃分明听到了一声长长的可怕叫声。春桃把小猫抱到被子里，尽量不要让它发出叫声以免吸引鬼鸟的注意。那可怕的声音一次又一次地重复着，声音拖得很长很长，长长的"呜——"声还带着一丝颤抖，仿佛是一个遭遇悲惨的人在发着凄厉的哀号。瑟瑟发抖的春桃将被子裹得严严实实的，紧紧抱着她的小猫，小猫显然也在颤抖。如果妈妈在家，此时她一定蜷缩在妈妈的怀里，只要她能感受到妈妈怀抱的温暖，她就会觉得自己处在世界上最安全的角落。

　　春桃躲在被子里想象着鬼鸟的模样，也许鬼鸟就站在星空下那漆黑的屋顶上，它耷拉的翅膀在夜色中就像披着的风衣，它正用它那钢一般的利爪紧紧抓住屋顶的瓦片，绿得发光的双眼正扫视着村

庄的一切，等待着时机随时俯冲下来抓走一个敢在黑夜里出门的小孩。

当晨曦透过细缝照进屋里的时候，鬼鸟离开了。春桃小心翼翼地掀开窗户上的床单，天空露出了青瓦般的颜色，远处的树木不再是夜晚时漆黑一片的黑影，而是可以清晰地看见它的枝头上挂着的叶片，屋顶瓦片的轮廓逐渐清晰起来。公鸡清脆的叫声取代了鬼鸟恐怖而凄厉的嘶吼，白天的安全与温和也因此取代了黑夜的恐怖与孤独。

春桃战战兢兢地走出家门时，太阳已经斜斜地照在后山桃树林的露珠上，挂在桃树上的草蚂蚱显然没有被鬼鸟误认为是美味的食物而吃掉。串访了村里的几个同学，春桃略感舒坦，因为村里没有一个小孩被鬼鸟叼走。只是幺叔老柱把鬼鸟的故事描述得更加恐怖了："鬼鸟原本是住在狭滩谷村的一个青年，恶狼叼走了他的爱人，为了去追恶狼，他套上一双大鸟的翅膀，想从山谷的悬崖飞下去，结果没飞起来，掉到山谷里了。青年死后变成了鬼鸟，每年夏天，他都会到村里哭。"

"他抓小孩吗？"春桃忍不住问。

"抓，怎么不抓？他最喜欢抓小孩了。"幺叔盯着春桃严肃地说。

看着幺叔又黑又满是皱纹的脸，春桃觉得每一个从他嘴里吐出来的字都是凉飕飕的，她的目光紧紧盯着幺叔手里的火钳，嘴巴保持着半开半闭的样子，脸上没有一点笑容。春桃心想，如果爸爸在家，他一定会在门边放上一把猎枪，爸爸有了那装好子弹和火药的猎枪，就不会给任何动物伤害春桃的机会。现在，春桃不知道自己一个人还要面对多么可怕的夜晚。于是，春桃决定去找银花和杏子，同样是没有爸爸妈妈在身边，也许几个小女孩相互会给大家带来面对黑夜和鬼鸟的勇气。

春桃和银花昨天晚上都被鬼鸟吓坏了，那恐怖凄厉的呜呜声划破了山村夜晚的宁静，春桃的邻居只剩下体弱多病的幺叔老柱、前屋耳聋的三太公和三太奶奶，如果鬼鸟知道没有年轻力壮的大人在家，它要飞到春桃的窗户外面，春桃将不知道向谁呼救。于是春桃和银花决定晚上一起住到杏子家里，杏子的爷爷虽然70岁了，但是他依然还能使得了猎枪。

当杏子问爷爷为什么不把鬼鸟打下来的时候，爷爷说："鬼鸟和一般鸟不同，它的叫声那么凄惨，如果打了它，它会报仇的。"

几个小女孩觉得在爷爷这里也不安全，不过好在人多一些，不用再孤单地缩在被子里发抖了。

第二天晚上，三个小女孩选择了杏子家最不靠窗的房间睡了下来。杏子家的木屋有六排柱子，最外面两排的房间分别做了六个窗户，窗户外面就是茂密的树林，这里是最危险的。中间的厅堂旁边有一个房间在房子的中央，只要关好门窗，鬼鸟就发现不了这里。晚上，鬼鸟如期而至，这一次鬼鸟的叫声更清楚了，仿佛就在杏子家的屋顶上。她们分明听到瓦片发出的咔咔声，这情景像极了她们从小就听说的螳螂揭开瓦片吃小孩的故事。三个小女孩抱成了一团。忽然，屋后传来一阵扑腾翅膀的声音，鬼鸟的叫声停止了，但是传来的打翻屋后堆积木板的声音更加可怕。春桃听得很清楚，那是鬼鸟俯冲下来抓住了猎物的声音。那天晚上鬼鸟就再也没叫过了。

从那时候起，春桃更加强烈地想念爸爸。她第一次觉得夜晚变得很漫长，孤单的时候开始想念爸爸在家时的幸福时刻。

几天后，鬼鸟的叫声终于停止了，幺叔老柱说鬼鸟是到其他村找食物去了，等到鬼鸟找齐了食物，它就会回到山谷里去。不管怎么样，恐怖的夜晚终于过去了。春桃和银花、杏子庆幸自己没有成为鬼鸟的食物。鬼鸟来的那几天，她们都不敢到山坡上去摘新鲜的蔬菜。鬼鸟带来的恐惧渐渐消散了，月亮开始像个镰刀一般准时在傍晚升起，从高大的柿子树的树腰一直升到半空，当春桃睡觉的时候它又沿着春桃的窗户爬到对面三太公家的屋顶，在后半夜又悄悄落到屋后的山坡后面。妈妈对春桃说过，太阳和月亮原来是兄妹，因为妹妹害羞不敢见到太多人，所以她和哥哥约定好哥哥在白天出现，而妹妹在晚上出现。所以对春桃来说，太阳虽然更加光明和温暖，但是她认为月亮更加亲切。鬼鸟走后，小猫也睡得特别安稳，它不会在听到鬼鸟的叫声之后朝着屋檐叫个不停。

探看秘密花园

（这一章节的内容更适合六年级以上的同学学习）

我们每天都会想很多事情：

早上不小心弄破衣服了，**害怕**被同学笑话，下课的时候一直待在座位上**不敢**出去玩；

老师叫我起来回答问题，但是刚刚开小差了，没听清楚老师问什么，我感到非常**紧张**，**担心**老师罚我；

爸爸没有兑现给我买礼物的诺言，我感到**不开心**，但我又**不想**说出来；

看见那棵桂花树，我就**想起去年和表妹一起捉迷藏的日子**。

有一个坏蛋恶狠狠地向我走来，我在想**他该不会是要来打我吧？**

害怕、不敢、紧张、担心、不开心这些都是我们内心的活动，"想起去年和表妹一起捉迷藏的日子" "他该不会是要来打我吧"这些事是我们在心里想的，如果我们不说出来，没人会知道我们在想什么，这就是**心理活动**。

但是，你有没有发现，只要我们心里在想事情，我们的话语、表情、动作就会有所不同：

老师问问题的时候，我**紧张**：我的脚会颤抖，我的手会不断摸着衣角，我说话会变得吞吞吐吐……

爸爸没兑现诺言，我**不开心**：我没有笑，我跑回书房里……

想起和表妹玩的时候：我偷偷地笑了，同桌喊我我也没听见。

坏蛋走过来的时候：我向后退了一步，看了看旁边有没有警察……

不管人物心里在想什么，他总会通过一些动作、神态、表情和话语表现出来。

要让人物活起来，就要抓好心里描写。那么，心里描写有技巧吗？有，下面就是我要介绍给大家的技巧。

技巧一　通过细致的动作写心理

比较一下下面两段话，看哪一段更生动：

段落1

　　春桃回到家里，觉得非常害怕，她怕晚上鬼鸟会来把她给捉了。她觉得鬼鸟的爪子很锋利，如果鬼鸟破门而入，她就打算躲到床底的水缸里去。

段落2

　　春桃回到家里，用木桌顶住门，又拿她很久都没有洗的旧床单将没有玻璃的窗户封得严严实实的。也许鬼鸟长了一双锋利的爪子，所以春桃在床头放了一把砍柴用的钩刀。春桃还在床底放了一个水缸，如果鬼鸟破门而入，她就打算躲到床底的水缸里去。

段落1和段落2有什么不同？

段落1在写到春桃害怕的时候，只是说"觉得非常害怕"。

而段落2没有写春桃"觉得害怕"，写了春桃**用木桌顶住门，用床单封住窗户**。春桃为什么要这么做呢？因为，春桃心想，门被木桌顶住鬼鸟就进不来了，窗户被封住鬼鸟也就看不见自己了，这正是因为她非常害怕鬼鸟才做的动作。

比起段落1来，段落2要生动很多，在你写作的时候，你也可以这样尝试。我们再看一个例子：

段落 1
　　老师走过来的时候,她感到非常紧张;

段落 2
　　老师走过来的时候,她低着头,放在桌子上的右手攥着拳头,拇指不断揉搓着食指,汗水让她的手指变得黏糊糊的,左手垂在桌子下面,摆弄着衣角。

这两段话都描写了**她**的紧张,段落 1 只是简单地说"**她感到非常紧张**",段落 2 描写了很多详细的动作。读者读到段落 2 的时候,感觉会更真实。这就是细节的魔力。认真观察身边的人,你会发现,他们在有心理活动的时候,身体总会做出一些动作,你把这些动作的细节都写出来,你的文章就生动了。像段落 2,连"拇指揉搓食指"这么小的细节都写到了。

找同学讨论一下下面这些心理,看一下人产生这些心理的时候,身体上会有什么动作,越详细越好,有必要的话把你想到的写下来:

害怕＿＿＿＿＿＿＿＿＿＿＿＿＿＿＿＿＿＿＿＿＿＿＿
　　(例如:心跳加快,跌跌撞撞地跑,脚步加快,手心都是汗,眼珠一动不动地盯着……)

　　担心＿＿＿＿＿＿＿＿＿＿＿＿＿＿＿＿＿＿＿＿
＿＿＿＿＿＿＿＿＿＿＿＿＿＿＿＿＿＿＿＿＿＿＿＿。

　　悲伤＿＿＿＿＿＿＿＿＿＿＿＿＿＿＿＿＿＿＿＿
＿＿＿＿＿＿＿＿＿＿＿＿＿＿＿＿＿＿＿＿＿＿＿＿。

　　暗暗地高兴＿＿＿＿＿＿＿＿＿＿＿＿＿＿＿＿
＿＿＿＿＿＿＿＿＿＿＿＿＿＿＿＿＿＿＿＿＿＿＿＿。

　　慌张＿＿＿＿＿＿＿＿＿＿＿＿＿＿＿＿＿＿＿＿
＿＿＿＿＿＿＿＿＿＿＿＿＿＿＿＿＿＿＿＿＿＿＿＿。

技巧二　通过神态写心理

人的心理发生变化的时候，不仅动作会变化，神态也会变化。害羞的时候会脸红，愤怒的时候会瞪大眼睛，痛苦的时候会皱着眉头……

比较一下下面两段话，看哪一段更形象：

段落1
听了幺叔的话，春桃感到更加害怕。

段落2
看着幺叔又黑又满是皱纹的脸，春桃觉得每一个从他嘴里吐出来的字都是凉飕飕的，她的目光紧紧盯着幺叔手里的火钳，嘴巴保持着半开半闭的样子，脸上没有一点笑容。

段落2没有直接写春桃害怕，而是写春桃**目光紧紧盯着幺叔手里的火钳，嘴巴保持着半开半闭的样子，脸上没有一点笑容**，这比第一段要生动一些。

注意观察人物的神态，脸部的表情变化，如果你能把人物的表情细节写出来，那么你的人物就会非常鲜活。我们再看一个例子：

段落1
男孩嘲笑了她，她十分生气。

段落2
男孩嘲笑了她，她睁着双眼直直地瞪着男孩，牙齿紧紧咬着下嘴唇，脸上的肌肉绷得紧紧的，隔着很远都能听得到她急促的呼吸声，显得十分生气。

这两段话，第一段只写了**她十分生气**；

第二段不仅写了她的**眼睛、牙齿、嘴唇、脸上的肌肉**，还写了她的呼吸声。读到第二段，更能体会她生气的样子。

当我们的内心发生一些变化，产生一些想法和活动的时候，我们总会在脸上、眼神上表现出来，试着观察一下下面这些心理活动，看看人们的脸部、眼神、呼吸等方面会发生什么变化。

142

开心_____
（例如：露出微笑，咯咯地笑出声来）

紧张_____
（例如：额头上冒汗，屏住呼吸）

痛苦_____
（例如：皱着眉头，咬着牙齿）

伤心_____
（例如：眼泪从脸颊流淌下来）

▎技巧三　用环境写心理▎

仔细想一想，你的心情不同的时候，你看到景物的感觉是不是不同？

当你伤心地哭时，看到下雨，你想到什么？

你又兴奋又快乐的时候，看到下雨，你想到什么？

通过环境来写人的心理也是心理描写的一种方法。例如：

> 当晨曦透过细缝照进屋里的时候，鬼鸟离开了。春桃小心翼翼地掀开窗户上的床单，天空露出了青瓦般的颜色，远处的树木不再是夜晚时漆黑一片的黑影，而是可以清晰地看见它的枝头上挂着的叶片，屋顶瓦片的轮廓逐渐清晰起来。

这一段话没有直接写春桃的心理，而是写了**晨曦、天空、瓦片**，这一切都明亮起来，春桃自然也就不再害怕。

许多作家都擅长用环境来描写人的心理，例如，要写下面这些心理的时候，会描写相关的环境：

[**害怕**] 午夜，四周一片漆黑，街上没有一个行人，森林里的房屋孤零零的……

[**快乐**] 阳光明媚，四处挂着气球，花儿争相斗艳，鸟儿唱着歌……

[**愉快**] 阳光温暖地照着窗棂，雄鹰在碧蓝的天空盘旋，稻谷金灿灿的……

除了这些，你还能想到哪些景物可以表达人的内心吗？

技巧四　用旁白写心理

并不是所有的心理活动都能通过观察描写出来，有的情况下人物的心理是完全无法从表情和动作观察出来的。这时候就要用到旁白的技巧。旁白，就是作者帮人物把心里想的事情写出来。例如：

> 从那时候起，春桃更加强烈地想念爸爸。她第一次觉得夜晚变得很漫长，孤单的时候开始想念爸爸在家时的幸福时刻。

要记住，旁白是迫不得已的时候才用的，能用动作、语言、神态和环境写人物的内心，就尽量不要用旁白，这是写好故事的基本原则。

主题六　漫游奇幻王国：环境描写

　　毫无疑问，**人物**肯定是童话小说最重要的元素了，经过前面五个主题的学习，我们已经初步了解了描写人物的一些小技巧。但是，童话小说里还有一个元素也十分重要，那就是环境。

　　还记得我们在"**入门篇　环境大冒险**"里讲过的知识吗？在那一章里，我们说**情节**、**人物**和**环境**是讲故事必不可少的要素，但是我们没有说环境应该怎么写。在这一章，我们一起去一些奇幻的王国游历一次，然后试一试你能不能构思一个新奇的环境用到你的故事里。

　　在梦工场创作班里，同学们除了写自己的故事以外，大家还会一起写一个公共故事，每次上写作课的时候，全班同学都围绕着这个故事提出自己的想法。这个《糖果公主历险记》就是全班同学共同参与创作的故事。老师构思了一个故事框架，梦工场的同学围绕着这个框架往里面添加内容，他们想了很多：房屋是蘑菇做的蘑菇国，爱养蝴蝶的蝴蝶国，红鼻子人的森林，用糖果建造而成的糖果城……

　　这个故事的主人公是一只布娃娃。布娃娃是糖果国的公主，糖果国来了一个女巫，把她变成了布娃娃，为了回到糖果国，布娃娃历尽了千辛万苦，终于在木偶人的帮助下回到了糖果国。我们看一看他们在蘑菇国发生了什么吧！

糖果公主历险记

　　肖和露西走了很长的路，一株大树矗立在眼前，树长在两块巨大的岩石之间，岩石把前面的路阻断了，大树恰好长满了岩石间的空间，好在大树中间留下了一个巨大的树洞，通过树洞就可以穿越到对面去。穿过树洞之后，森林突然明亮起来，一个栅栏出现在面前，高高的青草几乎淹没了栅栏，所以他们在栅栏的这一边完全看不到栅栏那边是什么样的世界。

　　翻过栅栏，他们就看见了一片奇异的景象。

　　那里长着许许多多的蘑菇，有的大到小房子那么大，白的、红的、灰的、橙的，颜色各异，在阳光的照射下闪耀着绚丽的光芒。高的蘑菇像房屋；低一点的像雨伞，有的蘑菇排列在一起像一条走廊；更低一点的则像椅子，各式各样，千奇百怪。最奇怪的是，那些蘑菇都井然有序地排列着，就像城市一样被规划安排得很合理。那就是一个美丽的蘑菇城堡。

　　但奇怪的是，街道上空荡荡的，一个人也没有。木头人肖和露西公主仔细看了周围的一切，那些巨大的蘑菇都有门窗，人们用摘下来的芭蕉叶做成窗帘；蘑菇门用坚果壳扎成；圆锥形的蘑菇是天然的挡雨工具。街道由平头蘑菇铺成，踩上去软绵绵的；街道上还长着雨伞般的遮雨蘑菇，雨伞下有小蘑菇做成的蘑菇椅。

　　肖和露西只能沿着街道漫无目的地往前走，希望可以找到蘑菇国王的蘑菇宫殿，说服他开放蘑菇船让他们渡过河流去。

　　穿过两个十字路口后，这个蘑菇城堡显得更加衰败了，一辆仓鼠车没有了仓鼠，车辖辘断了一半，一头撞在地上。不过那辆车的轮子却很有趣，竟然是用蘑菇做的，只是那对蘑菇又干又黑。街上丢满了破旧的蘑菇桌和蘑菇椅，似乎这里已经很久没住人了。

　　肖和露西在一座即将倒塌的蘑菇屋前停了下来，因为这座房屋倾斜到街道上挡住了去路，看上去有随时倒下来的危险。正当他们想换一条路走的时候，周围的蘑菇屋里突然钻出一些小人，个子比布娃娃公主露西还小一截，他们长着绿如豌豆般的眼睛，鼻子红得

像嵌了一颗樱桃，戴着红色的蘑菇帽，衣服和裤子都绣着蘑菇。

其中有几个士兵打扮的小人，手里拿着细小的长矛，大声喊道："你们是什么人？蘑菇国禁止陌生人进来！"

"我们想见蘑菇国王，让他开放蘑菇船载我们渡过那条河。"肖觉得眼前这些士兵一点也不可怕，因为他们只有肖的膝盖那么高。

"国王已经下令，非常时期，禁止任何陌生人进来，除非你们帮助蘑菇国渡过眼前的难关。"士兵队长说。

"蘑菇国遇到了什么问题？"肖问道。

"虫子快要把我们的蘑菇屋吃完了，你们要有办法就赶快告诉我，我带你们去见国王，兴许他还能答应你们的要求。没办法就赶快离开，否则国王发起怒来可不是好惹的。"士兵严厉地说。

"虫子？糖果城有的是办法防虫子。"露西说，"我们的糖果城墙和糖果屋从来都没有虫子来光顾。"

"糖果城？那是什么地方？"士兵们都感到好奇，七嘴八舌地说。

"这世界上还有用糖果盖房子的？"

"一下雨岂不是都化了？"

"睡在里面一定黏糊糊的吧？有蘑菇屋舒服？"

"糖果没有虫子吃，怎么可能啊？我们的蘑菇屋都快被虫子啃光了。"

"也许他们真的有办法呢？"

"你们还是回去吧，别想着当蘑菇国的国王了。已经有七十八个人被抓了，你们不想被抓就赶快离开这里。"

"可是我们真的有要紧事想求见国王。"肖站出来说。

"看来他们还不死心，还真以为国王这么好当，我们就成全他们吧。"士兵商量道。

露西和肖完全听不懂他们在讨论什么，但是他们看到士兵有准备带他们去见国王的想法，心里还是觉得十分高兴。虽然士兵的对话里总是说"抓、抓、抓"的，但他们相信他们是没有恶意的，他们也不想来做国王，他们只是想借国王的蘑菇船，相信只要和国王说清楚就会没事。所以，士兵带他们前往蘑菇宫殿的时候他们一点儿也没有感到害怕。

宫殿是一个巨大的蘑菇，比其他的蘑菇屋足足大了几十倍，不过它也并不金碧辉煌，因为它的外表似乎已经被虫子啃出了很多窟窿。但是蘑菇宫殿里面却用各式各样的蘑菇布置得精妙妥当：宫殿用蘑菇灯盛着桐油，在蘑菇罩的作用下，桐油灯散发着奇异的紫色光；宫殿的墙上挂着肖和露西从来没见过的绿色蘑菇，那发光的绿色蘑菇把宫殿照耀得像翡翠一般可人；戴着一个红蘑菇王冠的国王正坐在一个天蓝色的大蘑菇椅上，他也一样长着豌豆般的眼睛，樱桃般的鼻子，只是花白的胡子显得他岁数已经不小了。

"国王陛下，今天又有两个人来了。"士兵把他们带到宫殿后向国王报告说。

国王从桌子上拿起一副绿色的眼镜戴上，伸直了脖子盯着露西和肖说："你们一定看了我的布告吧？今天你们带来什么办法呢？"

"尊敬的国王陛下，我们不知道有什么布告，我们来是想请求你帮一个忙。"肖毕恭毕敬地说。

"没看布告？你们不是为了我的王位来的？"国王感到有些奇怪。

"我们确实不知道是怎么回事。我们想要借你的蘑菇船，所以就来了。"露西说。

"布告上明明写着，能帮蘑菇城消灭虫灾的人将成为蘑菇国的国王，如果有人欺骗国王就会被囚禁。你们居然没看到？"

"你们不知道蘑菇国正在经历一场前所未有的灾难吗？我们之所以不让陌生人进来，是因为蘑菇国就要完了，很快这里将成为一片废墟。我没有时间陪你们说了。"国王随后喊道，"卫兵，把他们押下去和那些骗子关在一起。"

没想到这个看起来很和蔼的老人发起怒来一点情面也不讲。

"国王陛下，我们没有恶意的啊，我们只是来借你的蘑菇船。"肖急忙解释道。

但是国王已经低头在做他的事了，根本就没听他的解释。

那些士兵虽然只有肖的膝盖那么高，但是力气却奇大无比，两个士兵就把肖抬了起来，他们抬起布娃娃露西就更轻松了。

士兵抬着肖和露西出了宫殿，穿过一条蘑菇造的拱廊，就来到一个吊着篮子的井口。他们被士兵装进篮子里，随后又被吊篮送到了很深的地下，那里几乎见不到阳光。在下面值班的士兵早就准备好了关押他们的蘑菇房。

"又来了两个骗子。"送他们下来的士兵对下面的一个老兵说。

"都以为国王这么容易当。"老兵好像已经习惯了在这里接到人然后把他们关进蘑菇房里。

肖被送到北边角落的一个蘑菇房，露西则被送到西边角落的一个蘑菇房。

在过去的路上，肖看见一路上关满了人，有的戴着眼镜，胡子花白，像一个学者；有的穿着粗布衣裳，臂膀粗壮，像一个农民，他们都嚷着："放我们出去！"

就在老兵想用力把肖的蘑菇房门关上的时候，发生了意外。只听见"嘭"的一声，蘑菇房倒塌了，蘑菇墙壁里面飞出很多可怕的昆虫，原来这个蘑菇房已经被虫子啃空了。

"什么？又坏了一间？"从上面下来的押送士兵大声吼道，"再这样下去宫殿都要倒了。"

接着又是"轰"的一声，西北角的一间蘑菇房又倒了。蘑菇盖掉下来压着一个农民，他痛苦得哇哇大叫起来。

"快放我们出去，这里要塌了。"不知道谁先喊了起来，结果所有被蘑菇国王称为骗子的"囚徒"都吵了起来，有的用身体撞墙，有的用脚踢门，接着一阵阵哗哗的声音，这些被虫子啃空了的牢房

全都倒了，从蘑菇墙里飞出来的虫子到处乱撞。

顿时，这个地牢乱成了一团。士兵在用力吹哨子，这些被冤枉的囚徒集体沿着石壁上的蘑菇小道爬去。肖在混乱中终于找到了露西。

"我们先出去，看来这里要倒塌了。"肖拉着露西也跟着人群往外跑。

"等一等。这些虫子我见过。以前糖果城出现过很多这样的虫子，我知道蘑菇城发生什么了。这里肯定发生了严重的虫灾，他们的房屋大部分都倒塌了，所以国王才忧心忡忡。"露西一点也儿没有感到慌乱，"我有办法了，我们再去找国王，这次他一定会借蘑菇船给我们。"

在混乱中，不知道有多少人逃了出去，也不知道多少人又被抓了回去。总之肖和露西跟着人群离开了关押他们的地方。他们顺着街道，很快就找到了国王的蘑菇官殿。

此时的国王，身边没有一个卫兵，因为卫兵都被他调到地牢了，他站在官殿前，眼睁睁看着一堆蘑菇屋轰然倒下。

"国王陛下，我知道怎么消灭虫子。"听到露西说话时国王才回过神来。

"你们不是被关在地牢了吗？"国王被眼前突然出现的两个人吓了一跳。

"请你相信我，我是糖果城的公主，因为很多原因我现在成了这个样子，但你一定要相信我有办法消灭虫子。"露西很诚恳地说。

"糖果城？"国王好像想到了什么，"你真的来自糖果城？"

"糖果城的一切都是用糖果建造的，是糖果城的居民用了很长时间炼糖建成的。那里的房子、桥梁、道路，都是用饼干、奶糖、巧克力等做成的……"露西一直在描述糖果城，试图让国王相信她说的是真话。

"确实有这样一个糖果城，我年轻的时候去过。糖果城全部都

是由糖果做的，按道理应该会有很多虫子去吃，像蛀牙虫、蚂蚁、蜜蜂这些可恶的家伙，可我在糖果城看到那里到处都完好无损。请问你们是怎么做到的？"国王开始相信露西。

"我也许可以帮到您。"露西说，"不过我现在还不清楚这里到底发生了什么。"

"太可怕了，我们河东的蘑菇屋都已经被虫子吃空了。如果再想不出办法，河西的蘑菇屋都倒塌后，我们的国民就要像祖先那样到处流浪了。从一座山峰流浪到另一座山峰，从一条河流流浪到另一条河流。"说到这里，老国王竟然流下了眼泪。

露西连忙说："糖果城确实没有虫子，是因为糖果城到处都种了三色花。这可是我父亲告诉我的。"

听到三色花，蘑菇国王坐直了身子，向露西问道："三色花？那是什么植物？"

"一种可以防虫的植物，它的花瓣是由黑、白、绿三种颜色组成的。我想蘑菇国如果有这种花一定会好很多。糖果城到处都是这种花，但我不知道蘑菇城有没有。"露西回答道。

"三色花？我还从来没有见过黑色和绿色的花。"国王就像发现了绝世宝贝一样，高兴得跳了起来。

"不过，国王陛下，这种花可不好养，"露西说，"它们每天只能吸收六克的阳光。吸收少了它就无法长大，吸收多了它就会干枯。"

"真是越来越神奇了，阳光也有重量？"国王显然对这种花非常感兴趣。

"阳光是有重量的啊，糖果城的孩子都知道怎么秤阳光的重量。"露西继续说。

"如果你能帮我们种出三色花，我保证以后蘑菇船你随时都可以用。"国王向露西许诺道。

……

漫游奇幻王国

还记得我们前面的内容吗？

事情总是在某个**地方**发生，这个地方就是**环境**。

多萝茜穿过**瓷器国**，在**翡翠城**找到了魔术师奥芝。（《绿野仙踪》）

爱丽丝在**兔子洞**里哭出了一个**眼泪池**，在眼泪池里遇到一只老鼠。（《爱丽丝漫游奇境记》）

鲁滨孙在**荒岛**上生活了二十六年。（《鲁滨孙漂流记》）

汤姆索亚在**坟地**里看见印第安乔行凶。（《汤姆·索亚历险记》）

根鸟被关在**鬼谷**挖矿。（《根鸟》）

樵夫在**雪地**里捡到一个小孩。（《王尔德童话·小孩》）

孩子们在巨人的**花园**玩耍。（《王尔德童话·自私的巨人》）

小豌豆在**家里**遇见梦老人。

可可在**菜园**里看见会走路的土豆。

小丝儿在**暴风雨中**认识了蝴蝶飞飞。

所有事情都在**环境**里发生，只有把环境写出来，故事才会生动精彩。

就好像，我们看动画片的时候，除了看到动画片里的人，还会看到他们背后的房子、树林、河流、飞船舱、洞穴、太阳、白云、马路……

在儿童小说中，有的环境是虚构出来的，比如：

《绿野仙踪》的**瓷器国**、**翡翠城**、**女巫宫殿**。
《木偶奇遇记》的**傻瓜城**。

《假话王国历险记》的**假话国**。
　　《哈利波特与魔法石》的**魔法学校**。
　　《洋葱头历险记》的**柠檬国**。

这些地方是作家**想象、虚构**出来的。

有的环境是**真实**的。比如：

　　老鼠塔克生活在纽约**时代广场**地铁车站里。（《时代广场的蟋蟀》）

　　安妮被领养，住在**绿山墙农庄**里。（《绿山墙的安妮》）

　　汤姆索亚就读的**学校**，玩耍的**山洞**和**坟地**。（《汤姆索亚历险记》）

　　小鹿斑比住在**森林**里，他喜欢在**黑夜里**出来玩。（《小鹿斑比》）

　　尼尔斯在**家里**发现了一只精灵。（《尼尔斯骑鹅旅行记》）

这些地方是真实存在的。

　　所以说，环境有两种，一种是**真实的**，另一种是**虚构的**。专门写给孩子读的儿童小说里常常可以看见虚构的环境。要想让故事变得生动、精彩，你就要把故事发生的环境交代清楚。怎么写好环境呢？这也是平日写作文经常要遇到的问题。

想象一个虚拟的王国

　　有的同学觉得，自己很多地方都没去过，每次写作文的时候都不知道怎么描写环境和风景。其实，你可以试一试，像儿童小说一样描写虚构的环境。比如，梦工厂创作班的同学就在《糖果公主历险记》中帮老师虚构了一个蘑菇国：

　　蘑菇国的人都住在蘑菇里，那里的蘑菇比房子还大，

他们把蘑菇挖空，安上窗户和门。

他们还构思了一个蝴蝶城：

> 蝴蝶城的一切都是色彩斑斓的，墙壁上画满了蝴蝶，街道上铺的是蝴蝶形状的地砖，连人们的衣服也喜欢绣满蝴蝶。蝴蝶城里住着数不清的蝴蝶，蝴蝶飞满了城市的上空。

试一试，找同学帮你想一个虚构的地方，在这个地方展开你的故事。可以是被老鼠装扮得金碧辉煌的山洞，住着猫王的云上城堡，小人国，生活着巨人的峡谷，饼干做的房屋，松鼠用松树建造的木屋，下水道里的蟑螂村……

由于我们到过的地方有限，如果写作的时候我们只写真实生活中的环境，会大大限制我们想象力的发挥。为了更好地讲故事，很多写虚构故事的作家喜欢虚拟一些环境出来。

那么，怎么写一个让人印象深刻的虚拟环境呢？

技巧　抓住一个特点

让人印象深刻的环境，是特点鲜明的环境。比如：

> 《绿野仙踪》的**翡翠城**最大的特点——整座城都是翡翠做的；

> **瓷器国**最大的特点——所有东西都是陶瓷的，包括住在里面的人和奶牛；

> 《假话王国历险记》里，**假话国**最大的特点——所有人都在说假话。

只要抓住一个特点，你写出来的虚构环境就会非常生动。

> 写出真实的世界

除了虚构的环境，在故事、小说、作文中，我们看到的更多是真实的环境。真实的环境就是世界上真真正正存在的地方，比如，房屋、河流、桥梁、溶洞、街道、学校、教室、太空、飞船、机舱、停车场、农庄、牧场、草原、森林……

真实的环境描写方法很多，成年作家都不一定能掌握所有方法。在这里，我介绍几种最简单，也是最基本的技巧，学会这些技巧以后，你的环境描写可以基本交代清楚。如果你要写得更精彩，还要继续努力学习。

▎技巧一　写自然景物的时候，注意写好颜色▎

读一读下面这两段话，看看它们有什么区别。

段落1
> 宫殿用蘑菇灯盛着桐油，在蘑菇罩的作用下，桐油灯发着光；宫殿的墙上挂着蘑菇。

段落2
> 宫殿用蘑菇灯盛着桐油，在蘑菇罩的作用下，桐油灯散发着奇异的**紫色**光；宫殿的墙上挂着肖和露西从来没见过的**绿色**蘑菇，那发光的绿色蘑菇把官殿照耀得**像翡翠一般**可人。

段落1看上去不够形象，**段落2**的景物看起来更生动一些。其中的秘密，就是段落2写好了景物的**颜色**。

还可以看看这个例子：

> 篱笆和屋子，还有桥梁，完全漆着鲜明的**红色**，这恰像温基国里漆着**黄色**，在茫奇金国里漆着**绿色**。这些桂特林人，他们又矮又胖，看起来像尾淡水鲤鱼似的，而且脾气很好，全部都穿着**红色**的衣服，那红的颜色，和**绿草**以及**黄橙橙**的谷物对衬着，显得格外鲜明。（《绿野仙踪》）

技巧二　列出你看到的 3~6 种景物或物品

把你看到的景物列出来，列得越详细，读者越能在脑海里想象出你看到的景物。当然，有的景物是无关紧要的，就不要一一罗列了，如果长篇大论都在罗列景物，读者会读得很烦。一般情况下，写 3~6 种是正好合适的。

读一读下面这两段话，看看有什么区别。

段落1
　　街上整整齐齐地排列着一排排的蘑菇屋①，看起来应该是一座蘑菇城堡。

段落2
　　那些巨大的蘑菇都有门窗①，人们用摘下来的芭蕉叶做成窗帘②；蘑菇门用坚果壳扎成③；圆锥形的蘑菇是天然的挡雨工具。街道由平头蘑菇铺成④，踩上去软绵绵的；街道上还长着雨伞般的遮雨蘑菇⑤，雨伞下有小蘑菇做成的蘑菇椅⑥。

段落1只是写了"**蘑菇屋**"，**段落2**写了"**门窗**""**芭蕉叶窗帘**""**坚果门**""**蘑菇砖**""**蘑菇伞**""**蘑菇椅**"，比段落1详细得多。读到段落2，你脑海里的蘑菇国形象是不是更生动一些？

记住：**列出 3~6 种你见到的景物和物品。**

在室外的时候，你需要列出景物，比如：

　　那里满是可爱的一块块绿**草地**，以及高大的**树林**，树林里挂着丰饶的甜美的**果子**。斜坡上到处长着奇异的**花草**，**鸟儿**们披上罕见的辉煌美丽的羽服唱着歌儿，并且在树林里和灌木丛中鼓翼飞舞。离开不多路有一条**小溪**，沿着绿的斜坡中间。冲流着，起着泡，发出淙淙的声音来。（《绿野仙踪》）

作者列了**草地、树林、果子、花草、鸟儿、小溪**，一共 6 种景物，读到这里我们好像就能看见一片长着果子的树林了。

157

<u>在室内的时候，你要列出屋内存放着什么物品</u>，比如：

> 在一条巷子的尽头，有一家特别古老的商店。**门上的油漆**已经脱落，**窗口**塞满了漫长的岁月里积攒下的**各种小玩意儿**。店子前面挂的**招牌**上写着："方赛记，出售价廉而新颖精巧的各种中国小玩具。"招牌下方还有**一行小字**，标明："兼营手工洗衣。"有个年老的中国人跷着二郎腿，坐在店门口。（《时代广场的蟋蟀》）

这段话里，作者列出了**门上的油漆**，**窗口**，**各种小玩意**，挂的**招牌**，**一行小字**，一共5样东西，读者大概就能想到这家商店的样子了。

再比如：

> 这只老鼠叫塔克，正坐在一根废弃不用的**排水管的管口**上。这根排水管在纽约时代广场地下铁道的车站里，是塔克的家。管子通向后面几尺远的**一堵墙**，埋在墙里的管子那一头有个**洞**，塔克在洞里塞满了他到处搜集来的**碎纸破布**。（《时代广场的蟋蟀》）

作者列了**排水管的管口**，**一堵墙**，**洞**，**碎纸破布**四样东西，我们很快就知道老鼠塔克的家是什么样的了。

再重复一下这个技巧：**列出3~6种景物或物品**。

不要只写一种，也不宜写过多。具体怎么比喻，怎么用形容词，相信你在语文课上一定学过很多。

技巧三　写出景物（或物品）在"做什么"

景物也是会"动"的，云在**飘**，溪水在**流淌**，树木安静地**站立**在道路两旁，黄昏的太阳**挂**在山头上，铺满落叶的道路一直**延伸**到远方，屋顶的风车在微风中吱吱呀呀地**旋转**着，迎春花似乎在**微笑**……你看到景物的时候，它们总在"**做着什么**"。比一比下面两段话，看哪一段更生动：

段落1
眼前有一株大树，树的两边有两块巨大的岩石，好在大树中间留下了一个巨大的树洞。穿过树洞之后，森林突然明亮起来，又有一个栅栏，栅栏旁边的青草很高。

段落2
一株大树**矗立**在眼前，树**长**在两块巨大的岩石之间，岩石把前面的路**阻断**了，大树恰好**长满了**岩石间的空间，好在大树中间留下了一个巨大的树洞，通过树洞就可以穿越到对面去。穿过树洞之后，森林突然**明亮起来**，一个栅栏**出现**在面前，高高的青草几乎**淹没**了栅栏。

段落1只是简单地罗列景物，**段落2**却用了很多**动词**来描写景物。

这个区别太重要了，读者读到你写的景物的时候，会不会感到枯燥，就看你有没有把**景物在"做什么"**写出来。

同样一段话：

那里满是可爱的一块块绿草地，以及高大的树林，树林里**挂着**丰饶的甜美的果子。斜坡上到处**长着**奇异的花草，鸟儿们**披上**罕见的辉煌美丽的羽服**唱着歌儿**，并且在树林里和灌木丛中**鼓翼飞舞**。离开不多路有一条小溪，沿着绿的斜坡中间**冲流着**，**起着泡**，**发出**淙淙的声音来。（《绿野仙踪》）

同样是《绿野仙踪》的这段话，不能动的树林，作者也用了**挂着**，花草用到**长着**，小溪用到**冲流着**，**起着泡**，**发出**，这样读起来就很生动了。

关于描写景物和环境的技巧还有很多，你可以多读点小说，仔细琢磨其他技巧，模仿一些作家的写作方法。相信你会变得越来越优秀的。在这里，我们只能暂时列举这些技巧了。

漫游奇幻王国

成果篇　梦工场出品

　　梦工场的同学不仅仅是上写作课，他们还把自己的故事变成了完整的作品。你知道我们为什么叫"作品"而不叫"作文"吗？

　　读完这一篇，也许你就会明白了。

　　梦工场的同学曾经自编、自导、自演了一个童话剧，这个童话剧是根据课文《小英雄雨来》改编而来的。童话剧成功表演的那天，每个人都感到特别开心，因为他们共同努力的成果得到了大家的认可。

- 主题一　魔力手工书
  - 制作手工书
- 主题二　童话梦剧场
  - 自己做电影明星

主题一　魔力手工书

有一个非常不起眼却很有意义的问题：你平时写作，除了在作文本上写，还在什么地方写过？

有的同学把自己的作文发到报刊上，有的同学贴到学校的参赛栏里……除此之外，你还"写到过哪里"？

这是一个很有意义的问题——你的作文以什么样的方式和读者见面？

写在作文本上交给老师，这是你的作文和老师见面的方式；写在报刊上让读者阅读，这是你的作文和读者见面的方式。

其实，除了这些方式，还有很多方法让你创作的故事和更多人"见面"，这种见面形式就是你的**成果**，也就是你的作品。

比如，把你的故事做成动画片，这是一种形式；把你的故事做成话剧，这也是一种形式；做成漫画，又是一种形式；做成书，还可以拿到书店里售卖。

你发现了吗？只要你的故事受欢迎，你可以通过很多方式把你的故事传播出去，如果你获得成功，你也会因此收获很多。这和你平时写**作文**的感觉是不一样的，你的**作文**最多只有老师和家长看，看完之后他们会给你一个分数，但是不会因此给你付钱。如果把你的故事做成可以观看、可以购买、生动活泼的作品，那就不一样了，观看的人可能会给你付钱，还会给你很多反馈，甚至成为你的"粉丝"。

现在，你想有一个属于自己的作品了吗？行动起来吧，把你的故事变成**作品**，即使你做得不是很成功，至少也是一次大胆的尝试，迈出这一步，以后你的作品会越来越好。

梦工场的同学就一直在努力尝试把他们的故事变成作品。

对于我们学生来说，动画片太难，因为制作动画片是一个非常庞大的工程，需要上百人一起参与，有高超的绘画技巧，还要有熟练的电脑操作技能，显然现在要把我们的故事变成动画片不太可能

（将来你可以尝试做动画片）。

那我们能做成什么呢？

可以尝试一下做成一本书，或者编成一个短话剧，这是我们能做到的。接下来，我会分享一些把作品做成书的方法。

制作手工书

在你做成自己的手工书之前，最紧急的，还是要先把你的故事补充完整，要把你的故事写出来。

但是，在梦工场创作班里，老师发现，讲完所有写作技巧的时候，很多同学的故事还是零零碎碎的，不完整，也不连贯。你的故事也一样吧？

不要着急，我们有的是时间，你可以用一个学期，或者一年的时间，慢慢操练这些技巧。你可以只写5页，也可以写10页、20页、50页，甚至更多，只要能把故事讲完，写多少字都可以。

当你写了很多页后，你会发现，你手里的草稿纸有点乱七八糟的感觉。一会儿在这张纸上写了一段，一会儿在那张纸上又改了一句。这哪里像一个故事啊，更不像一本书了！

到了这一步的时候，梦工场的同学曾经也感到很沮丧，他们发现自己的故事稿很多地方是混乱的。

这没有关系，我们读过的著名儿童小说也是这样产生的。作家们在完成他们的稿件后，也会觉得自己的稿件很混乱甚至很多地方读起来不通顺。

接下来，你只需要做几项工作，就能把你的作品一步一步完成。你会发现，这个过程就像制作蛋糕，你已经写了很多"原料"，现在只是把"原料"搭配好，做成"蛋糕"。你需要做到：

整理故事 ➡ 重新抄写 ➡ 绘制插画 ➡ 制作目录 ➡ 制作封面 ➡ 装订

一个属于你自己的作品就诞生啦！

第一步　整理故事

你还记得这本书开头的时候我们讲过的**故事线**吗？

这个时候，**故事线**又能派上用场了。画一条故事线，把你写过的情节放到故事线上，你的思路就清楚了。

买一本便利贴，把便利贴贴到墙上，按顺序写出你想到的内容。

如果觉得哪个情节是多余的，直接把便利贴撕掉，觉得哪个情节没有补充完整，则加上一张便利贴，直到你觉得故事从头到尾都很通顺为止。

第二步　重新抄写

按照便利贴的顺序，把你写的草稿重新梳理一遍。用整洁的纸（如果你想省事，可以用电脑）把文字写出来。在这一步，你应该检查一下句子是否通顺，词语运用是否恰当，有没有必要换一个修辞方法。只要你仔细修改自己的作品，你就会发现自己的写作水平很快就提高了，这是值得你慢慢付出的过程。

第三步　绘制插画

加上一些绘画，你的书看起来会更加漂亮，在你重新抄写的时候，记得留一些空白的地方，然后在空白的地方画上你的画。

第四步　制作目录

给你的书制作一份目录，这会让它看起来更真实，你也可以在制作目录的过程中总结一下写过的内容。给每个章节起一个好听的章节名，然后用彩色笔把它们写出来，写上页码。可以参考一下梦工场的同学为《魔法小兔》制作的目录：

可可的目录

1. 森林相遇
2. 未知的魔法胡子
3. 神秘的拇指老人
4. 森林奇遇记
5. 魔法！魔法！
6. 欢聚一堂
7. 突如其来的告别

小玉制作的目录

1. 遇见魔法兔
2. 爸爸妈妈不见了
3. 变成木偶的爸爸妈妈
4. 爸爸妈妈被运进了木工厂
5. 遇见女巫
6. 回到家里
7. 不愿意
8. 回到森林

阿炘的目录

1. 森林里的魔法兔
2. 撒谎
3. 变成木偶
4. 工厂里
5. 营救
6. 女巫
7. 坏动物和好动物
8. 好女巫

哲哲的目录

1. 爸爸妈妈去哪儿了
2. 没有胡子的小白兔
3. 蓝莓的朋友
4. 木偶爸爸和木偶妈妈
5. 木工厂
6. 女巫
7. 回家
8. 离别

第五步　制作封面

封面是一本书的外衣，正如漂亮的外衣让人更漂亮一样，漂亮的封面也会更加吸引人，你一定要用心设计一个封面。制作封面的时候有一些小技巧：

➡ 给书命名
➡ 写上作者名字
➡ 配上绘画
➡ 在扉页写一小段话

你可以参考一下梦工场的同学制作的扉页：

小玉

谨以此书献给与我同龄的朋友。

哲哲

在阴森的森林里，兰美认识了与众不同的动物——没有胡子的魔法兔蓝莓，蓝莓和兰美一起努力找到蓝莓的胡子。他们能找到兰美的爸爸妈妈吗？

小尹

这本书献给爱动物和父母的人。

小愉

这本书分为四个故事。分别是：蝴蝶与蜘蛛的好朋友之旅，魔法棒，森林里的友情，小豆豆和小魔熊。

第六步　装订

把你重新抄写的纸装订在一起，再将封面粘到书上，一本属于你自己的小说就大功告成了。

装订方法 1　订书机。如果你的书很薄，用订书机装订是最实用的办法。

装订方法 2　线装。如果你的书很厚，就要考虑用线来装了，不过这种方法需要用到钻孔工具。

装订方法 3　胶水。找不到钻孔工具，你可以考虑用胶水来装订。

这样，你的**作品**就有了**书名**、**封面**、**扉页**、**目录**、**正文**和**插画**，它是不是比作文本看起来更加有趣了？

无论你写得好还是不好,无论有没有人喜欢你的作品,这总算是属于你自己的第一本书,它就是你要讲的故事,如果你能不断制作这样的作品,我相信,你的写作技巧很快就会变得很高超。

主题二　童话梦剧场

上一章里，我们学习了怎么把自己的作品变成一本简单的书，我们还说到，除了书，你的作品还能以很多别的形式和读者见面。童话剧就是其中的一种。

相信不少同学已经看过很多童话剧了，你有没有想过把自己的故事变成童话剧表演给大家看呢？

梦工场的同学第一次听到这样的建议时都高兴得不得了，他们在教室里围着老师问：我们能不能表演啊？那我要表演飞起来怎么办？我怎么化妆成兔子？……

大家看到过的童话剧都是根据著名小说改编的。现在，你已经自己写了故事，难道你不想把你的故事也改编成为一个童话剧吗？

找到你们班的同学，和你们的老师，大家从所有人的故事里选出一些比较好表演的故事，一起来完成一次童话剧吧，你就是童话剧的导演。

自己做电影明星

现在，我把改编童话剧需要做的主要工作大概梳理一遍，你准备好了吗？

第一步　组建剧组

剧组就是为了拍电影、排演童话剧组合在一起的人。现在，你和你身边的同学，每人手里都有一本自己的手工书，一个自己的故事，你们都想把自己的故事变成童话剧。怎么办呢？

首先你要明白一点，一部儿童剧不可能靠你自己一个人完成。你必须找到几个同学，一同编排出你们的儿童剧。你们在一起就组成了一个剧组。问题是，你们这个小剧组不可能把每个人的故事都排练一遍，这个时候就要做出一点让步了：大家一起讨论一下，谁

170

的故事最精彩，谁的故事最好表演，就选谁的故事作为你们剧组的故事。

所以，把你的故事变成童话剧，第一件事就是要找到你的伙伴，然后和伙伴定下一个故事作为你们的蓝本。

第二步　改编剧本

现在，你们定好用谁的故事了，但发现一个问题：故事里的很多东西是没法表演的。比如"奶奶终于狠下心来，决定惩罚一下罗英"，这个"狠下心"来怎么表演呢？

直接照着你写的故事肯定很难表演出来，这就需要你们把故事稍微做一下改动，把你的手工书变成**剧本**。

什么是**剧本**呢？剧本就是演员表演的时候参考的文字，在剧本里只有**语言**和**动作**（你还记得**语言描写**和**动作描写**这两章吧？），没有**外貌**描写（外貌通过化妆实现），也没有**心理描写**。例如：

[小说]

老胡告诉我，当初它刚刚来到小镇的时候也是一只失败的老鼠，但是它并没有放弃。它在汽水魔术师的家里帮着汽水魔术师打杂。汽水魔术师正好需要一个帮手帮他配置汽水。老胡一打杂就打了两年，它知道自己什么也不会，只能安静地帮助着汽水魔术师。（魔法小兔）

[剧本]

老胡：我刚刚来到小镇的时候，也是一只失败的老鼠。但我从来都没有放弃过成为一只魔法老鼠的梦想。我先到了汽水魔术师家里帮他打杂。

场景切换到汽水魔术师的家：

汽水魔术师家里摆着各种各样的瓶瓶罐罐，瓶瓶罐罐里装着五颜六色的汽水。汽水魔术师戴着眼镜，把一瓶汽水倒到一个大杯子里。老胡接过杯子，把杯子端到另一边……

和你的小说比起来，**剧本**省略了很多描写，它只选你故事中人物说的话和做的动作。所以，你首先要把你的故事改造一下（这里可以寻求老师或爸爸妈妈的帮忙，他们知道怎么做）。

改编剧本是一项非常有意义且十分实用的活动，要成功将你自己写的小说改编成一个童话剧剧本，你需要老师的帮忙，也需要同学们的参与。

1. 讲故事。你必须跟其他同学讲清楚你的故事，最好是把你制作的手工书拿给他们阅读。

2. 做笔记。你们的阅读不是泛泛地读故事，而是为了后面的剧本改编而做准备工作。所以，在阅读之前就要做好阅读笔记。因为你们要改编剧本，所以你们应该在笔记中注意记录和剧本有关的事项：人物外貌、特征、性格、口头禅、代表性的动作、故事的情节点、故事冲突的主线（让老师指导你们完成笔记）。

3. 讨论。阅读过后，和你们剧组的成员一起讨论一下：谁演哪个人物？人物怎么化妆？故事里的城堡用什么代替？哗哗的水流声怎么制造？用哪个动作模仿飞起来比较合适？故事要不要改？要不要增加点什么或者删除点什么？

4. 集体创作。讨论完后，让整个剧组的人一起行动，把你们要表演的儿童剧的每一幕对话都整理出来（这里有困难，要寻求老师的帮助）。

5. 整理。把这个工作交给老师，让老师把你们的东西整理一遍，这样整个故事会更流畅。

第三步　准备道具

在老师和同学们的帮助下，你的故事终于成为一个可以表演的剧本了。你们的剧组得开始忙起来了。

最重要的是找到道具：女巫穿什么衣服？用什么东西做翅膀？

用什么代表魔法杖？可以飞起来的自行车怎么展示给大家看？用什么来告诉观众现在到了蘑菇王国？如果是糖果城，又怎么让人看了觉得很像？

每个在故事里出现的道具，你们剧组都应该尝试去找，找不到的就自己画出来，尽量把道具准备齐全。

第四步 排练

现在，我们有了剧本，有了道具，接下来的步骤就是排练了。

因为我们要用自己的身体去表现丰富的内容，所以我们要想很多细节。

比如：

手要怎么动，才能表演出在空中飞的感觉？

怎么表演出划船的感觉？

一只巨大的妖怪走过来，怎么表演才像很害怕的样子？

你走到食人花丛里，同学们就是食人花，他们要做什么动作才像食人花？

很多很多的细节，需要你们小剧组一一解决。

第五步 表演

排练得已经很成功了，轮到你们表演了。你自己写的故事能在全班甚至是全校同学面前表演，你有什么感觉？

记得让你们小剧组一起制作一份海报，宣传一下你们要表演的节目。你可是这个节目的总导演哦！

这就是我要告诉你的第二种成果展现形式——儿童剧。

我们花了很长的时间学习怎么写一个长篇故事，我们把这个长篇故事称为儿童小说，这是你想讲给大家听的故事。我们又花了很长的时间来写这个故事，你也许写了一个月，也许写了两个月、一个学期，甚至一年。这段时间以来，你和所有同学都在十分辛苦地付出。

　　现在，你们的付出终于有了回报，你们努力写出来的故事变成了手工书和儿童剧。

　　这是你人生的第一个作品吗？

后记：写给老师和家长的话

在这本书中，我们鼓励孩子们自由创作，写他们想写的故事。其实，每一个孩子都是一个故事大王。

他看着一只猫发呆，其实他是在想和猫说点什么，又或者是在想能不能骑着这只猫来一段奇妙的旅行；他总幻想着每天晚上都会有一只猫头鹰从他窗前飞过，带来云上城堡里的消息；他会盯住自己的文具盒，想象里面住着一群可爱的小人……

这些最质朴的想象力，是写作的源泉，也是成年作家获得源源不断的灵感的来源。这本书的目的是保护并发掘孩子的想象力，让他们用想象力自由地写作。他们的作品也许不会很流畅，那是因为他们的写作技巧还在学习阶段而已，但这是他们真实声音的表达，是他们成长的一笔财富，这就是本书的主张——让孩子自由表达，创建他们的第一个作品。

儿童剧教育是一门很复杂的学科，在国外有专门针对儿童剧在教育中运用的专业。所以，仅仅靠这本书的一章内容不可能教会学生自己编排出戏剧来。我们写这一章的目的，是想要告诉孩子们，他们心中的故事是可以表演出来的，他们在准备表演和表演的过程中会学习到很多东西：如何阅读小说，如何改写剧本，如何跟同伴配合，如何用表演感受文学作品……

仅靠孩子自己很难完成整个过程，这需要教师和家长的帮助。不过，这不需要教师和家长有很专业的戏剧素养，因为我们不是要求学生编排一个优秀的节目去参加比赛然后获奖，我们只是要通过这种形式让学生完成学习，将他们心中所想用戏剧的形式表达出来。教师和家长大可带着轻松的心情帮助孩子们完成戏剧编排的过程。